새벽의 화원

《YOAKE NO HANAZONO》
© Riku ONDA 2024
All rights reserved.
Original Japanese edition published by KODANSHA LTD.
Korean translation rights arranged with KODANSHA LTD.
through JM Contents Agency Co.

이 책의 한국어판 저작권은 JM 콘텐츠 에이전시를 통한 저작권사와의 독점 계약으로 ㈜바이포엠 스튜디오에 있습니다.
저작권법에 의해 한국 내에서 보호를 받는 저작물이므로 무단전재와 복제를 금합니다.

새벽의 화원

온다 리쿠 단편집

권영주 옮김

VANTA

차례

수정의 밤, 비취의 아침　　　7
보리의 바다에 뜬 우리　　　55
수련　　　91
언덕을 가는 배　　　109
월식　　　133
그림 없는 그림책　　　169

일러두기

1. 맞춤법은 국립국어원 표준국어대사전 및 외래어 표기법을 따랐으나 관용적으로 널리 쓰이는 표현은 입말을 살려 표기했습니다.
2. 본문 중 볼드체는 원서에서 방점 및 볼드로 강조한 부분입니다.

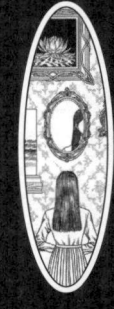

수정의 밤, 비취의 아침

습원에 또다시 초여름이 돌아올 무렵, 요한은 하루하루가 따분했다.

이 학교에 온 목적 중 하나였던 멋진 악보 컬렉션도 이미 대부분 암보했고, 영국의 에이전트를 통해 조금씩 자기가 쓴 곡을 팔아 학비와 용돈을 충당할 정도의 저작권료를 벌게 됐다. 저작권 사업에는 아직 연구할 여지가 더 있다. 혹시 아버지 뒤를 잇지 못해도 그런대로 먹고살 수는 있을 듯했다.

장래에 대한 준비는 착착 진행되고 있었다. 이 학교에 있는 것도 앞으로 1년쯤이리라.

그러다 보니 지루함을 어떻게 할 길이 없었다. 악보를 읽고, 고등학교 과정을 건너뛰어 대학입시 검정고시를 준비하기에, 혹은 앞으로의 인생에 도움이 될 듯한 지식을 흡수하며 차분히 숨어 지내기에 아닌 게 아니라 이곳은 안성맞춤이었지만, 열다섯 살 소년에게 이렇게까지 자극이 없어도 되는 걸까.

여기는 우아한 우리. 안에서 썩는지 아닌지는 본인 마음가짐에 달렸다.

그의 중요한 파트너인 소녀는 올해 초봄 한발 먼저 학교를 떠났다. 다음에 만날 때 그녀의 재능은 자신 이상으로 꽃피었을 것이다. 그때를 생각하면 가슴이 설레지만 우선은 눈앞의 이 따분함을 어떻게든 해야 한다.

그는 막연히 교내를 걸었다. 오늘은 토요일. 그는 교장의 집에서 열리는 다과회에 초대받았다.

오전 중에는 비가 왔는데 오후 들어 갰다. 교장의 집으로 이어지는 긴 길 중간에서도 푸르게 움튼 습원이 보였다. 1년 중 절반이 겨울이라 해도 무방할 북녘땅에서, 온도가 오른 물이 하늘을 비추어 보석처럼 빛나는 이 계절은 이 좁은 세계가 가장 아름다운 시기였다. 잘도 이런 육지의 외딴섬 같은 곳에 학교를 세울 생각을 했다고 늘 감탄하게 된다. 이곳에서는 돈은 많지만 사연 있는 학생이 세간의 이목을 피해 호화스러운 기숙사 생활을 하고 있었다.

유리의 표현을 빌리자면 학생은 세 종류로 나뉜다. '요람'은 부모가 심한 과보호라 세상의 거친 파도로부터 보호하기 위해 보낸 학생, '양성소'는 예체능 등 특수한 훈련 과정을 필요로 하는 학생, 그리고 가장 많다고 여겨지는 '묘지'는 말 그대로 영영 나오지 못하기를 바라는 마음에서 보낸 학생. 이 말이 꼭 농담만은 아닌 것이, 실제로 도중에 모습을 감추는 학생이 많다. 교사는 전학 갔다고 설명하지만 숨을 쉬지 않는 상태로 이곳을 나간 게 아닐까 많은 학생이 속으로 의심했다. 그게 이 따분한 생활에 기묘한 긴장감을 부여하고, 그렇지 않아도 망상을 부추길 것 같은 고색창연한 고딕풍 건물에 으스스한 그림자를 드리웠다.

천사 같은 용모를 지닌 요한은 생김새와는 달리 지극히 현실적인 소년이었지만, 그런 그조차도 이따금 정체를 알 수 없는 섬뜩함을 느낄 때가 있었다.

장소 탓이다.

그는 멀리 떠오른 첨탑을 올려다보며 생각했다.

이 학교가 세워진, 습원 한가운데 외따로 솟은 언덕에는 원래 선주민의 유적이 있었다 하지 않나. 그런 곳에 학교를 세우는 게 이상하다. 그는 미신을 믿는 성격이 결코 아니었지만, 장소가 갖는 힘을 만만히 봐서는 안 된다고 생각했다.

"요한."

뒤에서 누가 불렀다.

뒤를 돌아보자 지난 3월에 전학 와서 패밀리에 들어온 제이가 있었다. 이곳에는 '패밀리'라는 이름으로 중학교, 고등학교 합해 여섯 개 학년으로 구성된 생활 공동체가 있다.

제이는 요한보다 두 학년 아래. 섬세함과 내성적인 성격이 다소 눈에 띄기는 해도 요한 못지않게 아름다운 소년이었다. 이곳에는 다국적 학생이 많은데 그도 혼혈인 모양이다. 짙은 갈색 머리에 밝은 벽옥색 눈. 풀 네임은 모른다. 학생들의 복잡한 가정 사정을 배려해 이곳에서는 모두 성은 쓰지 않고 이름만으로 불렸다.

제이는 꽤 멀리서부터 뛰어온 듯 뺨이 심하게 홍조되어 있었다.

"저런, 뛰어도 괜찮아?"

"괜찮아."

요한의 어깨를 붙들고 호흡을 가다듬으며 뒤를 흘끔거리는 제이를 요한은 주의 깊게 바라봤다. 고개를 숙인 탓에 교복 셔츠 속으로 작은 비취 펜던트가 보였다. 어머니가 부적의 뜻으로 주었다고 했다. 그의 눈 색깔에 맞춘 것이리라.

요한은 그의 숨소리이 귀를 기울여 봤다. 제이는 천식을 앓았다. 천식 발작은 언제 어떻게 시작될지 모른다. 호흡이 흐트러지거나 정신적으로 동요한 탓에 발작이 시작될 가능성도 있다. 요한은 얼마 동안 기다렸다가 조용히 말했다.

"왜 그래? 누가 쫓아오기라도 한 거야?"

"아무것도 아냐. 요새 이상한 게임이 유행하거든."
제이는 겨우 얼굴을 들고 힘없이 웃었다.
"이상한 게임?"
둘은 나란히 걸음을 뗐다. 제이가 대답했다.
"응. '웃음물총새'라고, 알아?"

"'웃음물총새'? 그게 뭔가?"
홍차를 따르던 교장이 얼굴을 들고 제이를 봤다.
"저도 잘은 모르는데요."
제이는 수줍은 표정으로 소파에 앉아 허리를 곧게 폈다. 그는 아직 이 저택의 친밀한 공기에 익숙해지지 못했다. 이곳을 모르는 사람이라면 눈앞에 서 있는 늠름하게 생긴 젊은 남자와 교장이라는 직함을 연결하지 못할 것이다. 키가 크고 훤칠한 체격에 장발인 그는 패션 잡지 카메라맨이라 해도 충분히 통할 만큼 세련됐다. 카리스마적인 분위기는 교육자보다 수완 좋은 청년 사업가 쪽이 더 어울릴 듯했다.

요한은 이 다과회의 단골손님이었다. 교장은 자기 마음에 드는 학생, 뭔가 문제를 안고 있는 학생을 교내 외곽에 있는 자기 집에 초대해 이런저런 이야기를 하곤 했다.

"아마 빨대 포장지를 접어서 만드는 것 같은데, 접시나 찻잔 밑에 하얀 인형 같은 걸 그 그릇 주인이 모르게 놔두는 거예요. 그리고 찻잔이나 그릇을 들어 인형을 발견한 순간, 다 같이 소리치거든요. '웃음물총새가 온다!'라고요."

제이는 얼굴을 붉히며 이야기했다. 자기 이야기가 교장과 요한에게 주목받는 게 부끄러워 견딜 수 없다는 눈치였다.

"언제부터 시작된 거야?"

요한은 교장에게 찻잔을 받아 들며 물었다.

"잘 몰라. 최근 같은데."

"'웃음물총새'란 말이지. 그러고 보니 옛날에 〈웃음물총새한테 말하지 마〉란 노래가 있었지."

교장은 소파에 깊숙이 앉아 담뱃불을 붙였다. 그는 이 방에서만 담배를 피웠다. 이곳은 말하자면 교장의 사적인 공간이라 학생들도 너무 깍듯이 예의를 차리지 않아도 됐다.

"그러고 어떻게 되는데?"

"그냥 다들 한꺼번에 '온다, 온다, 널 죽이러 온다' 하고 놀려대."

"널 죽이러 온다? 살벌하군."

교장은 눈살을 찌푸렸다.

"……혹시 그거 때문 아니에요?"

세 사람이 대화를 주고받는 옆에서 모르는 척 일인용 소파에서 책을 읽던 히지리가 끼어들었다. 그는 올봄에 졸업했지만 가을에 유학을 가기 전까지 이 학교에서 시간을 보내는 중이었다. 수학 영재교육을 받은 그는 곧바로 미국 대학 연구실에 들어가기로 되어 있었다. 호리호리하고 안경을 쓴 수재다운 모습에서는 이미 어딘지 모르게 격이 느껴졌다.

"그거 때문이라니?"

요한이 물었다.

"그 왜, 저번에 몹쓸 장난이 있었잖아. 공을 찾으러 수풀에 들어간 1학년이 덫에 걸려서 배에 돌을 맞은 거."

"아, 그거 말인가, 그건 정말 심했지. 덫 자체는 단순했지만 덫을 밟으면 확실하게 복부에 돌을 맞게 돼 있는 데서 악의가 느껴지더군. 범인은 아직 안 잡혔지만."

교장이 얼굴을 찡그렸다.

"그 뒤로 주위에 덫이 더 없는지 조사하느라 하루가 걸렸어."

"여우 사냥이라도 하는 것 같았죠."

요한은 고개를 끄덕였다. 습원의 늦은 봄. 얼어 있던 눈이 비로소 녹아 밖에서 활동할 수 있게 되자마자 벌어진 일이었다. 수풀 속에 눈에 띄지 않게 판자가 놓여 있었다. 시소 원리로 판자 한쪽 끝을 밟으면 반대쪽이 올라가면서 철사로 만든 바구니 같은 데서 돌멩이가 튀어나오도록 장치되어 있었다. 조금 더 세게 맞았다면 장기를 다쳤을지 모른다. 불운한 소년은 배에 멍이 들기는 했어도 통증은 몇 주 내로 가라앉았다.

"그런데 그때 웃음소리를 들었다거든."

"웃음소리?"

히지리가 담담히 하는 이야기에 모두 의아한 표정을 지었다.

"응. 하늘에서 날카로운 웃음소리가 들리더니 슥 멀어졌다더라."

"하늘에서? 어떻게 돈 거지? 이상한 이야기네."

"글쎄, 나도 몰라. 그냥 갑작스러운 아픔에 놀랐을 때 그런 소리가 들린 것 같았다나. 그런데 그 이야기를 들은 학생 중에 오스트레일리아에 살았던 애가 있는데, 오스트레일리아에는 웃음물총새라고, 국조國鳥나 다름없는 새가 있다는 거야. 우는 소리가 진짜 사람 웃음소리하고 똑같다나. 그래서 '웃음물총새'의 소행이라고 이야기된 모양이지."

"듣고 보니 꽤 바보 같네."

늘 있는 일이지만 요한은 아무 근거도 없이 학교에 떠도는 소문에 어처구니가 없어졌다. 폐쇄적인 환경에서 사는 그들은 가십에 굶주려 있었다. 그중에서도 늘 의심에 사로잡혀 지내는 '묘지' 그룹 학생들은 언제든 유언비어에 불을 붙일 가능성이 잠재되어 있었다.

"그래도 어쩐지 무섭다. 하늘에서 웃음소리가 들리다니. 어렸을 때 어머니가 그런 이야기를 한 적이 있어. 논두렁길을 걷는데 하늘에서 '아하하' 하고 웃는 소리가 들려서 올려다 보니까 하늘에 커다란 얼굴이 있더라고."

제이는 창백한 얼굴로 중얼거렸다. 힘없는 어조에서 정말로 공포를 느끼는 것을 알 수 있었다. 이런 타입의 학생은 위험하다고 요한은 생각했다. 이 학원이 지닌 고색창연한 공기와 공명해 멋대로 공포를 증폭시키곤 해서다.

"어떤 얼굴이었는데? 남자? 여자? 노인?"

히지리가 관심을 보였다. 제이는 불안한 표정으로 고개를 갸웃했다.

"아니, 그런 게 아니었대. 굳이 말하자면 가면 같다고 할까."

"흐음, 재미있는데. 그래서 어떻게 됐어?"

"깜짝 놀라서 보고 있었더니 슥 멀어져서 사라져 버렸대."

"그렇군. 딱히 나쁜 짓은 안 했다 이거지."

"그렇지만 그런 게 제일 무섭지 않아? 무슨 일을 당했으면 완전히 괴담이지만, 그런 식으로 의미도 없이 돌연히 나타나면 싫지."

요한이 말하자 히지리도 동의했다.

"응. 인과응보라든지 목적이 있으면 또 모르지만 이유를 알 수 없는 거면 부조리하지. 난 부조리한 게 싫더라. 원인과 결과를 확실하게 알 수 없으면 찜찜해."

"히지리답네."

그때, 갑자기 따르릉 하고 전화벨이 요란하게 울려 모두 움찔했다.

교장이 재빨리 일어나 검은 수화기를 들었다.

잠깐 침묵이 흐르더니 그의 안색이 달라졌다.

"뭐라고?"

눈빛이 날카로워지는 것을 소년들은 긴장해서 꼼짝 않고 보고 있었다. 무슨 일이 생긴 것이다.

"의식은? 되찾았고? 생명에 지장은 없는 거지?"

어조가 희미하게 누그러졌다.

"계속 지켜봐. 바로 갈 테니까."

교장은 수화기를 내려놓고 벽에 걸린 재킷을 집었다.

"무슨 일이에요?"

히지리가 물었다.

교장은 무표정한 얼굴로 소년들을 둘러봤다.

"'웃음물총새'가 또 나온 모양이네."

학교 건물 외진 곳에 있는 좁은 나선계단에서 일어난 일이었다.

건물 중앙에 널찍한 계단이 있는지라 평소에는 잘 쓰지 않지만, 학급에 따라서는 운동장으로 나갈 때 여학생 사물

함이 가깝다는 이점이 있었다. 이번에 피해를 입은 테니스부 소녀는 바로 그 이점을 이용하려 한 것이었다.

그곳은 낮에도 어둑어둑했다. 소녀는 서두르고 있었다. 뒤에서도 친구들이 내려오고 있었기 때문에 더욱 서둘렀던 모양이다. 그녀는 계단에서 발을 헛디뎠다. 계단에 물컹한 것이 떨어져 있어 그것을 밟은 것이다. 발이 미끄러진 순간, 목에 철사가 걸렸다. 철사는 발을 헛디디면 딱 목에 걸릴 높이로 나선계단의 기둥과 조명 사이에 팽팽하게 묶여 있었다. 소녀는 목을 강하게 압박당해 한순간 질식 상태에 빠졌다. 그런데 가속도가 붙었던 탓에 철사가 소녀의 체중을 지탱하지 못하고 끊어졌다. 그 결과, 소녀는 정신을 잃은 채로 계단에서 굴러떨어졌다.

뒤따라오던 소녀들이 비명을 지르며 가까이 있던 교사를 불러왔다.

소녀는 다행히 떨어진 자세가 나쁘지 않았는지, 크게 다치지도 않았고 바로 다시 숨을 쉬기 시작했다. 목에 붉은 철사 자국이 뚜렷이 나 있었던 탓에 교사와 다른 소녀들은 무슨 일이 있었는지 바로 이해했다. 끊어진 철사가 공중에 늘어져 흔들거리고 있었거니와, 한 소녀가 복도 구석에 굴러다니던 낡은 고무공을 발견해 다친 소녀가 그것을 밟고 미끄러졌다는 것을 알 수 있었다.

교장이 현장으로 달려가자, 안도한 소녀들이 잇따라 울음을 터뜨렸다.

"목소리가 들렸어요! 미사코가 떨어지기 전에!"

주근깨투성이 소녀가 소리쳤다.

"어떤 목소리였지?"

교장이 냉정하게 물었다.

소녀들은 서로 마주 봤다.

"모르겠어요. 어쩐지 아주 새된 목소리라서, 남자인지 여자인지 분간이 안 됐어요."

또 다른 말라깽이 소녀가 주뼛주뼛 대답했다. 교장은 조용히 질문을 계속했다.

"목소리는 어디서 났고?"

"창밖에서요. 바로 이 나선계단 중간에 있는 창밖이었어요. 저희, 처음에 그 목소리를 듣고 오싹했거든요. 그 직후에 미사코가 떨어지는 소리가 들린 거예요."

"목소리는 뭐라고 했지?"

"글쎄요. 의미를 알 수 있는 말이 아니었어요. '히이'인지 '와아'인지 그런 이상한 목소리였는데요."

"미사코의 비명은 아니고?"

"그건 아니에요. 저희가 동시에 목소리가 들린 쪽을 돌아봤는걸요. 분명히 창밖이었어요."

"뭐 보인 건 있었나?"

"아뇨, 아무것도."

"'웃음물총새'예요! 그건 웃음소리였어요!"

주근깨투성이 소녀는 몹시 흥분해 있었다. 교장이 진정시키려 하자 점점 더 흥분하는 것 같았다.

"그렇게 단정하면 안 돼."

뒤에서 듣고 있던 요한은 앞으로 슥 나서 흥분한 소녀의 얼굴을 똑바로 봤다.

소녀는 흠칫 놀란 표정을 짓더니 순식간에 얼굴이 빨개졌다. 요한은 자신이 부드럽게 상대방의 눈을 보며 이야기하면 대개의 소녀가 흐늘흐늘 녹아 온순해진다는 것을 알고 있었다.

"너무 소란을 피우지 않는 게 좋아. 다른 사람들을 불안하게 할 뿐이니까."

"그러게, 그럴지도 모르겠네. 미안해. 나도 참, 너무 무서워서."

"그럴 만도 해."

요한은 마음을 녹이는 미소를 지으며 소녀에게 고개를 끄덕였다. 소녀는 꼼지락거리며 교태를 부리듯 웃었다. 다른 소녀들의 얼굴에 어렴풋이 질투의 빛이 떠오르는 것을 그는 놓치지 않았다.

이쯤 해둘까.

"자, 너희는 특별활동으로 돌아가렴. 미사코는 이제 괜찮으니까."

교장이 절묘한 타이밍으로 끼어들어 그 자리는 그것으로 파했다.

"완벽하더라."

기숙사로 돌아가는 길을 걸으며 히지리가 중얼거렸다.

"뭐가?"

요한은 잡아뗐다.

"네가 사람 마음을 사로잡는 기술은 정말 대단해. 언젠가 교장이 될 수 있겠어."

"에이, 아무리."

뒤에서 제이가 말없이 따라왔다. 함께 현장에 갔던 탓에 불안이 더욱 심해진 듯 생기가 없었다.

"어떻게 생각해?"

히지리가 물었다.

"뭘?"

"관계가 있다고 생각해, 두 사건이?"

"으음, 글쎄. 두 사건을 연결하는 건 웃음소리가 들렸다는 것뿐이잖아? 그 여자애를 보면 멋대로 그렇게 생각했을 뿐이라는 게 역력하지 않나? 처음에 들렸다는 웃음소리도 그래 봤자 아무 근거도 없고."

"웃음소리만은 아니라고 생각하는데."

"두 사건의 공통점이?"

"응."

"그게 뭔데?"

"개연성."

공기가 싸늘해졌다. 구름이 해를 가린 것과 더불어, 기숙사 근처 숲으로 들어선 탓이기도 했다. 그러나 요한은 왜 그런지 차가운 손이 목덜미를 스친 듯한 기분이 들었다.

"개연성. 가능성. 확률. 공산."

히지리는 혼잣말처럼 중얼거렸다.

"두 사건 모두 특정 상대를 노린 것 같지는 않지. 어쩌면 재수 좋게 누가 걸려들지 모른다, 그냥 그 정도의 장치야. 우연히 수풀 속에 공이 굴러 들어갔기 때문에 발을 들여놨을 뿐이고, 덫이 계속 그 상태로 방치돼 있었을 가능성이 더 높단 말이지. 이번 철사도, 별로 많이 쓰는 계단이 아니었으니 먹잇감이 걸려들 가능성은 높지 않았어."

"뭣 때문에?"

"글쎄. 하지만 그 장치를 만든 녀석이 친절한 마음에서 그런 게 아니라는 건 확실하지. 조심해야 해. 그 녀석은 누구라도 상관없으니까. 누가 덫에 걸려들 걸 상상하고 저 혼자 신나 하고 있을 뿐이야."

"앞으로도 계속될 거라고?"

"아마도."

히지리는 짤막하게 대답했다.

"왜?"

"봤잖아, 아까 그 애들 흥분하는 거. 다들 따분해하고 있어. 다들 사건이 또 일어나기를 기대하는 거야."

"그렇군."

요한은 맞는 말이라고 생각했다. 소녀들만이 아니다. 제이의 찻잔 밑에 종이 인형을 넣어놓고 일제히 놀려댄 소년들도 뭔가 사건이 일어나기를 바라고 있었다. 또한 자신들도 이 상황에 스릴을 느끼는 것은 틀림없었다.

멀리서 갑자기 까악까악 까마귀가 울었다. 세 사람은 흠칫 놀라 하늘을 올려다봤다가 겸연쩍게 서로의 얼굴을 훔쳐보고 눈을 내리깔았다.

아닌 게 아니라 또 무슨 일이 생길 것이다.

요한은 속으로 확신했다.

왜냐하면, 누구나 그걸 바라고 있으니까.

식당을 걷는데 맞은편에서 유리가 왔다. 늘 그러하듯 늘씬

하고 자세는 좋은데, 평소의 무뚝뚝한 얼굴이 한층 더 무뚝뚝했다. 그녀는 친했던 소녀가 전학을 간 뒤로 늘 혼자 연극 연습에만 몰두했다. 그녀는 원래 타고난 외톨이 늑대 타입이었다. 미래의 배우는 오늘도 심기가 편치 않은 모양이었다.

"여, 유리. 기분은 어떠셔?"

요한은 일부러 장난스레 말했다.

유리는 퉁명스러운 표정으로 대답했다.

"좋을 리 없잖아. 작작 좀 해주면 좋겠어, 그 해괴한 장난."

"아하, 당했구나, '웃음물총새'한테."

"어떻게 알았니?"

"어깨를 봐."

요한은 유리의 어깨에 붙은 하얀 인형에 손을 뻗었다.

"아이, 진짜."

유리가 기분이 상한 듯 털어버리려는 것을 슬쩍 집었다.

"흐음, 이게 그거구나."

"그러고 보니, 너 미스터리 마니아였지? '웃음물총새'의 정체는 누구야? 지난 주말에 히지리랑 그 약해빠진 도련님이랑 슬금슬금 돌아다니는 거 봤어."

유리가 불현듯 말했다.

"아, 그거? 토요일 사건 이야기는 들었어? 철사에 목이 걸린 여자애."

"응, 들었어. 다들 그 이야기뿐인걸. 요새 식당에서 차를 마시면 꼭 이 하얀 덤이 딸려 온다니까."

"그렇군. '웃음물총새'가 완전히 시민권을 얻었다 이거지."

"응, 그런 셈이지."

요한은 손에 든 조잡한 인형을 봤다. 정말 빨대 포장지를 접어 묶었다. 인형이라 하자면 인형으로 보이지 않는 것도 아니었지만 그냥 보면 구깃구깃 뭉쳐놓은 덩어리로만 보였다. 굳이 말하자면 별 모양. 어쨌거나 물총새와는 상관없어 보이는데, 왜 이게 '웃음물총새'와 연결된 걸까?

"이상한 사건이네."

"진짜. '웃음물총새'라니, 어째 짜증 나는 이름 아냐? 그런 노래가 있었던 것 같은데."

어라? 같은 말을 어디서 듣지 않았나?

그때 뭔가가 머릿속에서 팡 터진 것 같았다.

요한은 별안간 달리기 시작했다.

"어머, 어디 가, 요한?"

"도서관."

"잠깐, 나도 갈래."

둘이 도서관으로 갔다. 학생 수에 비해 호사스러운 석조 건물은 흐린 하늘 아래 우뚝 솟아 있었다. 이 지역에는 장마가 없을 텐데도 축축한 비 냄새가 주위에서 피어올랐다.

"뭔데? 뭘 찾는 거야?"

"으음, 음악은 여기쯤이었던가? 음악이 맞겠지?"

"혼잣말하지 말고."

"시? 아니면 민속학?"

"나 화낸다, 요한."

유리의 목소리가 심상치 않아졌기에 그는 허둥지둥 어둑어둑한 서가에서 두꺼운 책을 꺼냈다.

"어?《일본 동요》?"

유리의 목소리를 들으며 요한은 근처 독서대에 책을 놓고 책장을 넘겼다.

곰팡내 나고 큼직한 책은 페이지를 넘기기가 쉽지 않아 조바심이 났다. 초조하게 원하는 부분을 찾던 요한의 손이 이윽고 딱 멎었다.

"……찾았다."

웃음물총새한테 말하지 마

작사 사토 하치로 · 작곡 나카다 요시나오

너구리네, 너구리네

꼬맹이가 말이야

배에 동상이 생겼대

웃음물총새한테 말하지 마
끄르르 끄르끄르 끄끄르 끄르
시끄러우니까

기린네, 기린네
아줌마가 말이야
목에 습포를 붙였대
웃음물총새한테 말하지 마
끄르르 끄르끄르 끄끄르 끄르
시끄러우니까

요한은 전율이 등골을 훑는 것을 느꼈다.

뜨뜻미지근한 몸서리 같은 것이 무릎에서부터 왁 올라왔다.

"……뭐야, 이게."

유리도 눈치챘는지 순 목소리로 말했다.

"꼬맹이 배에 동상? 그다음은 아줌마 목에 습포? 세상에, 이거 이번 두 사건이랑 똑같잖아."

"그런 것 같지. 적어도 그 짓을 한 녀석이 이 노래를 안다는 건 틀림없어."

요한은 방금 온몸에 느껴진 오한을 억누르듯 대답했다.

"3절은 어떻게 돼?"

유리가 책을 들여다봤다.

　코끼리네, 코끼리네
　아저씨가 말이지
　코감기 안 걸리게 대롱 꽂았어
　웃음물총새한테 말하지 마
　끼르르 끼르끼르 끼끼르 끼르
　시끄러우니까

"코감기 안 걸리게? 대롱을 꽂아? 코에 꽂았단 소리야?"
"아마도."
"이번엔 무슨 장치를 하려나?"
"으음."
"섬뜩하다. 하지만 최소한, 가사가 3절까지라는 건 그걸로 끝이란 뜻이겠지?"

유리는 불안한 눈빛으로 동의를 구하듯 쳐다봤다.

"그럼 좋겠는데."
"뭐니, 그럴 거라고 장담을 해야지."
"나한테 그래 봤자."

여느 때처럼 일방적인 유리의 말에 어깨를 으쓱했다. 그러나 요한의 머릿속에는 경보가 울리고 있었다. 환경 탓에 어렸을 때부터 위험에는 민감한 편이었는데 이번 경보는 꽤 컸다.

악의가 있다. 그것도 치밀하고, 냉정하고, 바닥 모를 악의가. 왜지? 왜 이곳에서?

요한은 무의식중에 뒤를 돌아봤다.

"아이참, 뒤돌아보지 마. 무섭잖아."

"미안, 나도 모르게."

유리의 당황한 목소리에 웃음을 지어 보이면서도 요한은 얼마 동안 주위를 살폈다.

"그렇군, 동요 살인 아닌 동요 상해 사건이군."

히지리는 주저 없이 달했다.

"그렇게 서슴없이 말하지 마. 노래에 3절도 있단 말이야. 세 번째 피해자는 너나 나일지도 모르잖아."

유리가 어이없다는 표정으로 히지리 앞에 버티고 섰다.

따뜻한 온실. 햇살이 날이 갈수록 강해지는 계절이라 버려진 온실 안도 꽤 따뜻했다. 이 둥근 온실은 지금은 전혀 사용되지 않았다. 관리하는 사람이 아무도 없이 방치된 관엽식물들이 끈질기게 살아남아 일종의 기이한 광경을 자아냈다. 게다가 언덕 중턱 외진 곳에 위치한 탓에 학생들 중에서도 이곳을 아는 사람은 많지 않았다.

그들은 남이 듣는 것을 원하지 않는 이야기를 할 때는 자연히 이곳으로 오는 버릇이 생겼다.

"아닌 게 아니라 유리는 위험하겠어. 여전히 교장의 친위대한테 미움받는 것 같으니까."

히지리가 흘깃 값을 매기는 듯한 시선으로 보자 유리는 울컥한 듯했다.

"어, 음, 친위대라니?"

구석에서 철제 의자에 앉아 있던 제이가 주뼛주뼛 물었다.

"카리스마 교장의 추종자들. 유리는 교장한테 반항적이라서 교장 팬은 유리를 미워하거든."

요한이 대답했다.

"흥, 그거 미안하게 됐네. 처음 여기 왔을 때부터 계속 그랬어, 걔들."

"진지하게 하는 말인데, 혼자 다니지 않는 게 좋아. 어딘가에 또 덫이 있을 게 틀림없으니까. 저번처럼 의식을 잃고 나서 바로 발견되면 다행이지만, 이 학교엔 눈에 안 띄는 장소가 워낙 많으니까 자칫하면 진짜 죽을지도 몰라."

요한이 정색하고 말하자 유리는 풀이 죽었다.

"하지만 다음 타깃은 남학생이잖아?"

히지리가 끼어들었다. 요한은 코웃음을 쳤다.

"지금까지 두 번 다 어쩌다 남자랑 여자가 됐을 뿐이라고. 모르는 일이야. 어쨌거나 개연성이잖아?"

요한이 대꾸하자 히지리는 "그야 그렇지만"이라고 어물어물 말했다.

"아, 진짜 싫다. 이런 일로 벌벌 떠는 건 내 취향이 아닌데. 잠깐, 넌 뭘 거기서 히죽거리는 거니? 다음번엔 네 차례일지도 모른다고."

유리가 멍하니 온실 밖 하늘을 올려다보고 있던 제이를 윽박질렀다. 그는 당황한 얼굴로 유리를 쳐다봤다.

"어? 여기서 이렇게 올려다보면 꼭 수정 속에 있는 것 같고 예쁘구나 싶어서."

"어휴, 진짜. 얘, 엄마한테 돌려보내라. 다음번 신체검사 때 나이를 확인해 보는 게 좋겠어."

"무섭네, 유리는."

요한은 쓴웃음을 지었다. 유리는 유리였다.

"너도 같은 패밀리인데 말 좀 해주지? 여기서 살아간다는 게 얼마나 보통 일이 아닌지. 얘는 여기가 어떤 데인지 알긴 하는 거야? 자기 몸은 자기가 지킬 수밖에 없단 말이야."

"그야 그렇지만."

문득 요한의 뇌리를 스치는 게 있었다.

방금 뭐 생각난 게 있는데?

"왜? 표정이 왜 그래?"

"방금 뭐라고 그랬어?"

"엥? 자기 몸은 자기가 지킬 수밖에 없다고 한 것 같은데."

"으음."

"뭐니, 그게 왜?"

"아니, 아무것도 아냐."

"이거 봐, 해결할 거면 얼른 하셔, 명탐정 씨. 전에도 말했지만 난 등장인물이 거의 다 죽고 나서 해결하는 명탐정이 딱 질색이니까."

유리의 말에 히지리가 쿡 웃고 혼잣말처럼 중얼거렸다.

"……하지만 큰 사건이 안 일어나면 명탐정이 등장할 기회도 없지 않겠어?"

웃음물총새.

뭐가 이렇게 마음에 걸리는 걸까. 왜 이렇게 사악한 분위기가 느껴지는 걸까.

요한은 교장의 방에서 차를 마시며 생각했다. 아닌 게 아니라 이곳에는 여러 이상한 일과 비밀이 있지만, 이 긴장감 어린 불안은 어디서 오는 걸까. 정체를 알 수 없어 신경이 곤두서 있었다.

"요한."

흠칫했다. 교장이 머리에 붙어 있던 하얀 인형을 집었다.

"이 장난, 꽤 오래가는군."

교장은 눈앞에 인형을 들며 얼굴을 찌푸렸다.

"네. 어딜 가나 이 뽑대 껍데기 인형이 떨어져 있다고 청소 당번이 불평해요."

이런, 이런 게 붙는 것도 몰랐다니 나도 이제 다됐군.

요한은 낙심했다.

제이는 허물없는 태도로 히지리와 담소하고 있었다. 내성적인 성격이 걱정되어 다과회에 몇 번 데려오길 잘한 것 같다.

"신경 쓰이는데. 나도 좀 조사해 보지."

"뭘요?"

교장의 말에 요한은 어리둥절했다.

"좀 생각난 게 있거든."

교장의 표정은 딱딱했다.

"조심하는 게 좋아."

교장은 귓속말로 나직이 말했다.

무슨 뜻이지?

요한은 반사적으로 교장을 봤지만 그는 이미 모르는 척 히지리 및 제이와 대화를 주고받고 있었다.

초조하게 무슨 일이 일어나기를 기다리는 듯한 학교 분

위기가 포화 상태에 다다른 초여름, 오전 중에 신체검사가 있고 나서 환한 점심때였다.

아침을 굶고 검사를 받은지라 여느 때보다 배가 고픈 학생들이 식당으로 우르르 몰려들었다. 검사는 뭐가 됐든 좌우지간 긴장하게 된다. 긴장에서 해방된 안도감에 식당은 시끌시끌했다.

테이블 여기저기에서 장난이 시작됐다. 저마다 빨대 껍데기를 무릎 위에서 접어 찻잔이며 그릇 밑에 슬쩍 밀어 넣었다.

"웃음물총새가 온다!"

"다음은 네 차례다!"

열기를 띤 함성이 곳곳에서 들리고, 포크와 스푼이 쩽강쩽강 부딪치는 소리가 음악처럼 주위를 메웠다.

요한은 그를 쫓아다니는 여자애들에게 둘러싸여 식사했다. 아이돌로서의 책임을 자각하는 그는 소녀들에게 붙임성 있는 미소를 짓고 다른 소년들에게도 기분 좋은 화제를 제공했다.

여느 때와 다름없는 식사. 그런데 요한은 어딘지 모르게 불쾌한 공기가 피부에 들러붙는 게 느껴졌다. 위험신호. 어디서 오는 거지? 지나친 생각인가? 어쩐지 식욕이 나지 않아 수프에 손을 대지 않았다.

여느 때와 다름없는 식사. 그런데 얼마 지나지 않아 어딘지 모르게 분위기가 이상해졌다. 밝은 파워로 가득하던 소음이 조금씩 변화했다.

같은 테이블에 앉아 있던 여자애들 얼굴이 굳었다.

요한은 주위를 둘러봤다. 어째 이상하다.

소음은 웅성거림으로 변했다. 술렁술렁 기이한 공기가 퍼져나갔다.

맞은편에 앉은 여자애 손에서 스푼이 땡그랑 떨어졌다. 얼굴이 고통으로 일그러졌다.

"윽."

"배 아파."

"왜 그래?"

고통스러워하기 시작한 것은 그녀만이 아니었다.

다른 테이블에서도 고통에 찬 목소리가 터져 나왔다. 사방에서 학생들이 배를 움켜쥐고 먹은 것을 토했다.

"무슨 일이지?"

"수프에 뭐가 들었나 봐."

"말도 안 돼."

식당은 순식간에 아비규환으로 변했다. 일어나 비명을 지르는 학생도 있었다. 고통스러워하는 학생과 공포에 질린 학생들의 고함소리가 뒤섞이면서 나머지 학생들에게까지 혼란이 전염됐다.

"사람 살려!"

"엄마야!"

소녀들이 비명을 지르며 식당을 뛰쳐나갔다. 다들 공포에 질려 뒤이어 달아나려 했다. 의자가 움직이는 덜컹덜컹 소리가 천둥소리처럼 식당에 울려 퍼졌다.

"이놈이야! 이놈이 독을 넣었어!"

어디서 분노 어린 고함소리가 들려왔다. 모든 시선이 그쪽으로 쏠렸다.

몸집이 큰 상급생이 제이의 팔을 높이 치켜들고 있었다. 제이의 손에는 작은 약병 같은 것이 쥐어 있었다.

제이는 새파랗게 질려 필사적으로 고개를 좌우로 흔들었다.

"아니에요! 이건 천식약이에요!"

"내가 봤어! 수프 냄비 앞에서 슬그머니 뭔가 하고 있었잖아!"

"그런 게 아니에요! 숨이 가빠져서 약을 흡입하려고 한 거예요!"

비명을 지르듯 소리친 제이는 학생들의 얼음장 같은 시선을 깨닫고 온몸이 경직되더니 이윽고 부들부들 떨기 시작했다. 커다랗게 벌어진 눈에는 눈물이 어렴풋이 맺혀 있었다.

"아니에요."

그는 다시 한번 쥐어짜듯 말하고는 얼굴을 돌렸다.

상급생들은 한층 흥분했다.

"꽁꽁 묶어서 경찰에 넘겨!"

"어디 가둬 놔."

흉포한 빛과 에너지가 주위 학생들의 눈에 가득했다.

"잠깐! 제이가 그런 일을 할 리 없어."

요한은 애써 냉정한 목소리로 말하며 달려가 그들 앞에 나섰다. 그들의 흉포한 빛이 자신을 향하는 게 몸으로 느껴졌다.

공격의 화살은 순식간에 그를 향했다.

"방해하지 마."

"같은 패밀리라고 감쌀 생각이냐."

고함소리에도 아랑곳없이 강한 시선으로 맞받아쳤다.

"그 병을 조사해 보면 되지. 여기서 움직이면 곤란해. 아픈 사람은 보살펴 줘야 하지만 되도록 이 상태대로 보존해 두는 게 좋아. 안 그러면 누가 증거를 인멸할지 모르니까."

요한은 매섭게 말했다.

"다들 움직이지 말고 주위를 잘 봐. 교장선생님하고 간호사를 불러올 테니까. 아픈 사람은 재킷을 바닥에 깔고 눕혀 줘. 토한 게 목구멍을 막지 않게 조심하고."

요한은 엄한 눈길로 식당을 둘러보며 얼어붙은 학생들이 자신의 지시에 따를 것을 확인하고는 교무실에 가까운 문 쪽으로 재빨리 뛰어갔다.

문을 벌컥 연 순간, 오싹한 느낌이 들었다.

아뿔싸, 함정이다!

발에 밧줄 같은 것이 걸려 있었다.

위에서 뭔가 크고 무거운 물체가 무너져 내리는 게 느껴졌다.

그는 무의식중에 납작 엎드려 재빨리 몸을 굴렸다.

우르릉 쾅 소리에 이어진 무시무시한 충격에 머리를 보호하며 바닥을 굴렀다.

공기가 진동하고 바닥도 흔들렸다.

비명소리. 머리에 투두둑 쏟아지는 유리 파편.

무슨 일이 일어난 건지 알 수 없었다.

"요한!"

"이걸 어째, 연통이!"

"의사 불러!"

주위가 조용해진 뒤에 요한은 천천히 얼굴을 들었다.

복도 천장에서 식당 난로로 이어지는 커다란 양철 연통이 떨어져 복도 창문에 박혀 있었다. 요한의 발에 걸린 밧줄이 연통을 끌어내리게 장치되어 있었던 모양이다. 밧줄로 그냥 잡아당긴 정도로 튼튼한 연통이 떨어질 리는 없으니 사전에 금을 내거나 했을 것이다. 이미 혹독하게 추운 계절은 지난 뒤라 난방은 온풍 장치만 가동하고 난로는 사용하지 않았다. 교무실에 가까운 통로는 지난번 사건이 벌어진 계단과 마찬가지로 거의 쓰지 않는지라 덫을 설치해 두기에 편리했다.

코끼리네, 코끼리네
아저씨가 말이지
코감기 안 걸리게 다 롱 꽂았어

뇌리에 노래 가사가 되살아났다.
젠장, 그렇군. **코감기 안 걸리게…… 신체검사**. 더욱이 대롱이 떨어진 셈이다.
알고 보면 지극히 단순한 일 아닌가.
요한은 혀를 차고 천천히 몸을 일으켰다. 심장도, 머리도 쿵쿵 울렸다.
망할 자식, 이번에야말로 저세상 사람이 될 뻔했잖아.
그는 거센 노여움을 느꼈다.
"요한, 괜찮아?"
"안 다쳤어?"
여자애들이 식당에서 복도를 내다봤다.
"괜찮아."
요한은 웃는 얼굴로 손을 흔들고는 셔츠 소매에 붙은 유리 파편을 손으로 털어냈다.

문득 요한은 손을 멈추었다.

소매에 붙은 유리 파편을 물끄러미 바라봤다.

머릿속에 섬광이 번득인 듯한 충격에 온몸이 후끈 달아올랐다.

그랬나.

요한은 경악한 표정으로 고개를 들어 창문에 꽂힌 연통을 봤다.

학생들이 그런 요한을 의아스레 지켜보고 있었다.

"제이, 역시 전학 가는구나."

온실에서 유리가 당혹한 목소리로 말했다.

히지리와 요한은 말없이 유리를 바라봤다.

제이는 그 사건 이래로 앓아눕고 말았다.

"아이참, 어째 내가 한 말대로 됐네. 엄마한테 돌려보내라고. 그런 뜻으로 한 말이 아니었는데."

어딘지 모르게 기운이 없었다.

"그런 건 제이도 알아."

요한은 위로하듯 말했다. 유리는 콧대는 세지만 사실은 순진하고 남을 잘 돌봐주는 성격이다.

"넉 달은 여기서도 짧은 편 아닌가?"

히지리가 거침없이 말했다.

"그러게. 그 사건이 역시 충격이었을까. 다들 차가운 눈빛으로 쳐다봤을 때, 눈에 눈물이 그렁그렁했고 말이야. 그 녀석이 나빠, 그 상급생. 즌 그런 타이밍으로 제이를 몰아세울 건 없잖아."

"결국 누명이었다는 게 밝혀졌고 말이지."

조사 결과, 제이가 갖고 있던 병에는 정말 천식약만 들어 있었거니와, 학생들의 증세도 대부분 가벼웠다. 몇 명은 수액을 주사하며 며칠 동안 지켜봤지만 입원이 필요할 만큼 증세가 심각한 학생은 아두도 없었다. 그게 독이었는지 아니었는지도 알 수 없었다. 의사들도 식중독이 아니었을까 하는 의견으로 기울어진 모양이었다.

"이번에도 외부에서 개입 안 했지."

유리는 빈정거리듯 덧붙여 말했다.

이 학원에서 일어난 일이 외부에 공표되는 일은 없다. 이번에도 학자와 의료팀이 오기는 했으나 학원 내부에서 이것저것 조사하더니 어느새 도로 사라져 버렸다. 경찰이나 보건소가 개입한 것 같지도 않았다. 교장에게만 모든 자료가 남아 있을 것이다. 여기서는 학생들이 그에 대해 불만을 표시하는 일도 없었다. 학원에서 일어난 일은 학원 안에서 처리한다는 게 불문율이었다. 이곳에서 오래 생활할수록 그에 대해 의문을 품지도 않게 되니 무서운 일이다.

"어째 쓸쓸하다. 보기 드물게 순진한 인재였는데."

"유리, 솔직하게 말하지? 실은 제이가 마음에 들었었다고."

"어머, 그런 거 아냐."

히지리의 지적에 유리는 보일 듯 말 듯 얼굴을 붉혔다.

요한은 유리의 빨개진 얼굴과 온실의 흐릿한 원형 천장을 바라보며 오랫동안 꼼짝 않고 생각에 잠겨 있었다.

교장의 집에서 몸집이 자그마한 소년이 나왔다.

현관 앞에서 고개를 꾸벅 숙이고는 커다란 트렁크를 들고 느릿느릿 걸어왔다.

소년은 길에서 기다리던 요한을 발견한 듯했다. 수줍게 미소를 짓더니 어딘지 모르게 힘없고 쓸쓸한 웃음을 띠며 가볍게 고개를 숙였다.

"교문까지 들어다 줄게."

요한은 소년의 손에서 트렁크를 받아 들었다.

"아, 고마워."

제이는 감사의 눈길로 요한을 올려다봤다. 요한은 살짝 웃고 손을 내밀었다.

머뭇머뭇 손을 내밀어 악수한 제이는 어렴풋이 얼굴을 일그러뜨렸다.

"아쉽네. 친해질 수 있을 것 같았는데."

요한은 조용히 말했다. 제이는 말없이 고개를 끄덕였다.

"응. 나도 아쉬워. 이런 식으로 헤어지게 돼서."

둘이 앞을 보며 얼마 동안 말없이 걸었다.

"그러게. 하지만 노래도 3절까지 다 썼으니 말이야."

요한이 넌지시 한 말에 고개를 끄덕이려다가 제이가 흠칫했다.

"그 뒤는 없거든."

요한은 메마른 목소리로 중얼거렸다.

제이는 탐색하듯 머뭇머뭇 요한을 쳐다봤다.

"안 그래, **제이드**? 네가 '웃음물총새'지?"

제이가 멈춰 섰다.

싸늘하게 쏘아보는 시선을 요한은 피하지 않았다.

두 사람은 포석 길 도중에 마주 보고 섰다.

제이의 얼굴은 그때까지 보이던 수줍고 마음 약한 표정 대신 어딘지 모르게 날카로운 빛을 띠고 있었다.

"**제이드**, 즉 **비취**JADE지. 난 바보였어. 넌 계속 힌트를 줬는데."

싸늘한 침묵이 흘렀다.

"내가 왜?"

제이는 무표정한 얼굴로 말했다.

요한은 고개를 가볍게 갸웃하고 입을 열었다.

"물총새를 비취라고도 한다는 걸 깨달았거든. 깃털 색깔에서 연상해서."

"그래서 내가 '웃음물총새'라고? 별로 설득력이 없는 것 같은데."

"난 정말 바보였어. 평화에 익숙해져서 얼이 빠져 있었어. 너도 그걸 알고 있었기 때문에 늘 힌트를 준 거겠지. 날 얕본 건지도 모르지만 그 부분은 실제로 어땠는지 난 몰라."

요한은 앞을 본 채 걸음을 뗐다. 제이도 마지못해 따라왔다.

요한의 뇌리에 교장이 머리에 붙은 인형을 떼어주었을 때 광경이 떠올랐다. 눈치채지 못할 리 없다. 자기가 눈치채지 못하게 그런 일을 할 수 있는 사람은 어렸을 때 자신과 비슷한 교육을 받은 사람뿐이라는 것을 그때 알아차렸어야 했다.

"넌 힌트를 꽤 많이 줬어. 네가 노리는 사람이 나라는 걸 간접적으로 가르쳐줬어. 자기 이름이 비취라는 것, 즉 물총새라는 걸 알아차리게 하려고 온실이 수정으로 보인다는 이야기까지 하고. 난 작곡가니까 머잖아 물총새 노래에 다다를 거라고 생각해서 그렇게 공들인 연출을 한 건가? 기회는 얼마든지 있었을 텐데 구태여 그런 귀찮은 짓을 하다니, 날 시험했어?"

제이드는 어깨를 가볍게 으쓱했을 뿐 아무 말도 하지 않았다.

요한은 멋대로 이야기를 계속했다.

"히지리는 그걸 개연성의 사건이라고 했지만 사실은 그렇지 않아. 맨 처음 사건은 배에 돌을 맞은 소년이 네 공범자라면 꽤 간단하거든. 장난이라고 둘러대고 부탁했는지 아닌지는 모르지만 '웃음물총새'를 유행시키기 위해 무슨 그럴싸한 이유를 갖다 붙였겠지. 어쨌거나 심심해 죽는 녀석들은 쌔고 쌨으니까 네 제안을 거절하지 않은 것도 별로 놀랄 일은 아냐. 그래, 아무리 생각해도 그 수풀의 특정한 지점에 발을 들여놓기는 쉽지 않아. 하늘에서 웃음소리가 들리더니 멀어져 갔다는 것도 그렇고. 하지만 피해자 소년이 그렇게 주장하면 첫 번째 사건은 결코 어렵지 않단 말이지. 실제로 그 애의 협조 덕에 '웃음물총새'는 시민권을 얻었어. 두 번째 사건은 성공할 가능성이 더 높았어. 창밖에서 소리친 건 맨 처음 피해자였던 소년이겠지. 웃음소리 같은 날카로운 소리를 내면 누구 목소리인지 밝혀내긴 쉽지 않을 테고, 첫 번째 사건과 공통점이 있는 것처럼 보이게 할 수 있어. 그리고 세 번째 '웃음물총새'로 연통에 깔려 사망자가 발생한다 이거지."

제이의 옆얼굴은 여전히 무표정했다. 시야 끄트머리로 그의 굳은 표정이 느껴졌다.

요한은 이야기를 계속했다.

"하지만 실은 세 번째 사건에 이르러서 처음으로 '웃음물총새'는 의미를 갖게 되는 거야. 그 빨대 껍데기 인형을 유행시킨 사람도 너지?"

요한은 제이를 흘깃 봤다. 그러나 제이의 옆얼굴은 꿈쩍도 하지 않았고 표정도 달라지지 않았다.

요한은 계속했다.

"난 왜 그런 인형이 '웃음물총새'하고 연결된 건지 그게 이상했어. 그나마 새 모양이기라도 하면 또 모르지만 그것도 아니고 말이지. 하지만 뭐든 상관없었던 거야. 늘 바닥에 하얀 종이 뭉치가 흩어져 있는 상황만 만들어낼 수 있으면."

이번에야말로 제이의 표정이 얼어붙은 것을 알 수 있었다.

요한은 자기 이야기에 자신감이 생겼다.

"넌 일부러 그 상급생 앞에서 천식 약병을 보인 거지?"

"내가 왜 그런 일을 해야 하지?"

마침내 제이가 입을 열었다. 침착한 어조였다.

요한은 살짝 웃었다.

"이유는 두 가지야. 하나는 그 상급생한테 추궁당하기 위해서. 또 하나는 네 약병에 독이 들어 있다고 생각하게 하기 위해서."

제이는 어이가 없다는 듯 고개를 가볍게 내저었다.

"무슨 말인지 도통 모르겠네. 나도 알 수 있게 좀 설명해

주겠어?"

"그래? 그럼 설명해 주지."

요한은 장난기 어린 어조로 입을 열었다.

"네가 무슨 약을 썼는지는 모르지만 약이 들어 있었던 건 병이 아니었어. **약 포장지**였던 거야."

요한의 뇌리에 식당 바닥에 흩어져 있던 빨대 껍데기 인형이 떠올랐다.

"네가 약병을 보여준 건 약이 병에 들어 있었다는 인상을 다른 애들한테 심어주기 위해서였어. 바닥에 흩어진 종이 중에 네가 사용한 약 포장지가 몇 개 섞여 있다는 걸 모르게 하고 싶었던 거지. 약이 든 약 포장지를 갖고 있을 순 없는 노릇이었어. 상급생한테 붙들리면 소지품 검사를 당할 건 알고 있었으니까. 약의 흔적이 남아 있을지도 모르는 약 포장지를 갖고 있으면 곤란해. 조사되는 건 병만이어야 했어. 병에 든 게 천식약이라는 걸 알던 무죄 방면될 테니까. 그 때문에 약 포장지는 상급생한테 붙들리기 전에 바닥에 버려야만 했어. 그리고 넌 무슨 일이 있어도 그 자리에서 상급생한테 붙들려야 했어."

요한은 어렴풋이 언성을 높였다.

"이유가 뭘 것 같아?"

그래, 그는 요한의 성격을 잘 파악하고 있었다.

"내가 나서서 다른 애들을 말리고 교장을 부르러 가게 하기 위해서였어. 내 행동을 잘도 예측했다고 칭찬해 주고 싶네. 교무실로 가장 빨리 가려면 그 문으로 나갈 테고, 그 상황에서 다른 애들을 말릴 수 있는 사람은 아마 나밖에 없었을 테니까. 영광이야."

요한의 빈정거림이 통한 듯 제이가 입술 끝에 냉소를 띤 것을 알 수 있었다.

"그렇게 해서 난 불쌍하게도 '웃음물총새' 노래 가사 3절대로 연통에 깔릴 예정이었던 셈이지."

두 사람은 각자 생각에 잠겨 말없이 걸었다. 멀리 교문 앞에서 기다리는 검은 차가 보였다.

제이는 한숨을 길게 내쉬었다.

"……기회였는데 말이지. 네가 전혀 눈치를 못 채더라고. 첫째 후보라고 해서 기대했었는데."

낮게 중얼거리는 목소리는 전혀 딴 사람 같았다.

육지의 외딴섬. 우아한 우리. 이 학원에서 나가기는 대단히 어렵다. 바꿔 말하면 외부에서 침입하기가 어렵다는 뜻이기도 했다. 요한은 그 때문에 이곳에 왔다.

자기 몸을 자기 힘으로 지키기 위해. 더욱 분명하게 말하자면 그를 쫓아올 자객으로부터 몸을 지키기 위해.

요한은 그 사실을 다시금 생각했다.

어리석었다. 전학생이 새로 올 때는 주의하기로 하고서.

"방심했던 건 인정해."

요한이 시인하자 제이는 나지막이 웃었다.

"아닌 게 아니라 넌 평화에 익숙해져 있었어. 수프를 안 먹은 건 칭찬해 줄게. 하지만 거기서 네가 수프를 먹었으면 그다음 계획이 다 틀어졌겠지."

"불길한 예감이 들었거든. 막판에 가서 본능이 되살아났다고나 할까."

요한은 제이를 빤히 봤다.

"널 여기로 보낸 사람이 누구지? 니콜라 아저씨? 제시 아줌마? 아니면 다른 사람인가?"

제이는 퉁명스럽게 고개를 흔들었다.

"그건 말 못 해. 안 그래도 이번 일에 실패한 탓에 내 신용은 바닥에 떨어졌다고. 초장에 신속하게 해치워야 했어."

제이는 분한 듯 말했다.

두 사람은 입을 다물었다.

요한은 세상에 태어난 순간부터 싸워왔다.

요한. 천사 같은 용모를 지닌 소년은 어둠의 제왕의 아들이기도 했다. 유럽을 지배하는 마피아의 후계자가 되기 위해 여러 명의 아이들이 생존경쟁을 벌이고 있었다. 그럴 가치가 있을 만큼 재산은 막대했다. 그것을 물려받는 것도, 유지하는 것도 예삿일이 아니라는 것을 누구나 알고 있었다.

"다음번에 만날 때는 실패 안 해."

제이는 교문 밖 운전기사에게 가볍게 손을 흔들고는 투지가 엿보이는 얼굴로 요한을 돌아봤다가 휘청했다.

"다음번? 다음번 같은 건 없어."

요한은 소년에게 빙긋 웃었다.

제이는 의아한 얼굴로 요한을 쳐다봤다.

요한은 눈을 가느스름하게 떴다.

"그래. 넌 신속하게 날 해치워야 했어. 그렇게 오랫동안 잔꾀를 쓸 게 아니라 말이야. 가르쳐줘. 왜 그런 연출을 한 거지?"

"흥. 네 감이 어느 정도 되는지 알고 싶었어. 그리고."

"그리고?"

"지루했거든."

요한은 어안이 벙벙했다.

제이가 가볍게 코웃음 쳤다.

"이렇게 아무것도 없는 시골구석은 재미없어. 너도 지루했을 텐데? 나도 그랬어. 그래서……."

요한은 어이없다는 표정을 지으면서도 고개를 커다랗게 끄덕였다.

"아닌 게 아니라 그렇지. 여기는 따분해."

"이상한데. 왜 이렇게 힘이 없지?"

제이는 교문을 붙들려 했으나 손이 떨렸다. 혼란에 빠진 얼굴로 요한을 봤다.

요한은 한숨을 쉬었다.

"말했을 텐데? 다음 권은 없다고. 기회가 있을 때 확실하게 처리해 두는 게 중요하지. 아직도 모르겠어? 아까 나하고 악수했을 때 얼굴을 찌푸렸던 거 기억 안 나?"

제이는 흠칫해서 오른손 손바닥을 봤다. 핏방울이 어렴풋이 맺혀 있었다.

"난 너처럼 효과가 있는지 없는지 알 수 없는 독은 안 쓰거든. 효과가 확실하게 있는 독을 쓰지."

요한은 손을 벌려 약지에 낀, 작은 침이 붙은 반지를 제이에게 보였다.

제이의 얼굴에 비지땀이 흘렀다. 눈이 커다랗게 벌어지고 입이 뻐끔거렸다.

"아…… 아…… 이럴 수가, 말도 안 돼."

맙소사, 라고 헐떡거리는 소리가 새어 나왔다.

제이는 놀란 표정으로 교문에 몸을 기댄 채 스르르 쓰러졌다.

"넌 내 생명의 은인이야. 조심해야 한다는 걸 일깨워 줬으니까. 고맙다, 제이드."

요한이 중얼거린 말이 그에게 들렸는지 아닌지는 알 수 없었다.

움직이지 않게 된 제이드를 얼마 동안 내려다보던 요한은 이윽고 고개를 들어 교문 밖에 서 있던 운전기사에게 신호했다.

모자를 깊숙이 눌러쓴 남자가 고개를 끄덕이고 차 트렁크를 연 다음 교문을 열었다.

"수고했어."

"건강하신 것 같아서 다행입니다, 도련님."

트렁크 안에는 제이드를 마중 온 운전기사의 시체가 들어 있었다. 제이드가 요한을 제거하는 데 실패했다는 사실은 되도록 늦게 알려질수록 좋다.

"그럼 수고 좀 해줘."

"맡겨주십시오. 도련님이 돌아오시기만을 기다리겠습니다."

운전사는 눈인사를 한 뒤 제이드를 가볍게 안아 올려 트렁크에 넣고 문을 쾅 닫았다.

차가 부르릉 소리를 내며 출발했다. 요한은 제이드가 멀어져 가는 것을 꼼짝 않고 바라봤다.

"끝난 모양이군."

뒤에서 낮은 목소리가 들려왔다.

요한은 "네" 하고 고개를 끄덕이며 조용히 돌아봤다.

교장이 느긋한 표정으로 서 있었다.

요한은 머리를 꾸벅 숙였다.

"감사합니다. 제이한테 천식 병력이 없다는 걸 조사해 주신 덕분에 진상을 깨달을 수 있었어요."

"나야말로 고맙지. 학원의 평온을 어지럽히는 인간은 사라져 주는 게 좋아. 게다가 뭐니 뭐니 해도 난 네 팬이거든. 널 죽이려고 들다니 있을 수 없는 일이야."

"감사합니다."

두 사람은 발길을 돌려 천천히 걷기 시작했다.

"어때, 우리 집에서 홍차라도 마시지 않겠나?"

교장이 제안했다. 요한은 빙긋 웃었다.

"그거 좋겠는데요."

두 사람은 아무 일 없었다는 듯 최근에 읽은 책 이야기를 하기 시작했다.

여느 때처럼 여유 있는 시간이 흐르고 있었다.

여기는 육지의 외딴섬. 학원의 조용한 오후. 오늘도 요한의 평온한 일상은 계속된다.

보리의 바다에 뜬 우리

기다리고 있다.

그는 기다리고 있다.

1년 만에 찾아오는 딸을. 그의 성, 그의 세계인 이 보리의 바다에 뜬 성에, 우아하고 고요한 파란 우리에 그녀를 맞이할 때를 기다리고 있었다.

뜻밖의 사고로부터 1년. 그녀 안에 무슨 일이 일어났는지 어머니를 통해 듣기는 했지만, 자신의 눈으로 직접 확인하기 전에는 믿을 수 없었다. 어쨌거나 그 딸, 그가 기대를 걸고 있는 '그' 딸이니 말이다. 방심하면 안 된다. 잘 관찰해야 한다.

그는 떠올렸다.

그가 지금 있는 성, 북녘 벌판의 습원에 뜬, 바위산에 들러붙은 오래되고 아름다운 건물을.

과거 성지로 숭앙되던 곳에 이윽고 소수의 사람들이 수도원을 세웠다. 그 건물이 돌고 돌아 그의 왕국, 그의 학교가 됐다.

이 학교는 일반에 존재가 알려져 있지 않다. 하지만 특수한 환경 및 특징 때문에 실은 국내외 특정 부유층 사이에 널리 알려져 있다.

이곳은 호화로운 우리다. 그리고 아름다운 우리. 여기서 나가는 것은 불가능하다 그의 시야로부터 도망치는 것은 불가능하다. 그가 이곳의 주인이다.

우리 안에 있다는 것을 자각하는 이는 있어도 저항하는 이는 많지 않다. 대다수 사람은 그 사실에 익숙해져 받아들인다.

아주 간혹 받아들이지 못하는 사람도 있지만.

그는 교장실 옆에 있는 드레스룸으로 들어갔다.

양복을 꺼내려다가 문득 과거 이곳에서 진심으로 탈주를 시도한 아이들이 있었다는 게 생각났다.

그 애들은 이곳을 거부했다. 우리 안에 있지 않겠다고 저항했다. 여기서 도망치려고 했다.

그래, 그건 언제나 새로운 사람이 찾아오는, 이제 막 봄을 맞이한 3월이었다.

두 사람은 기대하고 있었다.

올해 패밀리가 생긴다.

가나메와 가나에는 그날을 학수고대하고 있었다.

중고등학교 6년제인 이 학교는 전교생을 다 합쳐도 학생이 그리 많지 않다.

여섯 개 학년을 종적으로 나눠 '패밀리'라는 조를 짜는데, 학년마다 학생 수가 들쑥날쑥한 탓에 인원을 다 채우지 못하는 경우가 종종 있었다. 원래는 남녀 여섯 명씩 모두 열두 명으로 구성되어야 한다.

가나메와 가나에가 들어온 해에는 우연히 두 사람의 학년만 다른 학년보다 학생이 많은 바람에 변칙적으로 같은 학년인 둘이서만 '패밀리'를 만들게 됐다. 두 사람은 남녀 쌍둥이인지라 원래도 당연히 '패밀리'이니 달라진 것은 아무것도 없었다. 결속력이 강하고 사이가 좋은 쌍둥이이지만 아무리 그래도 내내 붙어 지내다 보면 지겹다.

다음에 신입생이 들어오면 자동적으로 '패밀리'가 늘어날 것은 틀림없었다.

어떤 애일까?

두 사람은 매일 그 이야기를 했다.

남자애? 여자애? 나이는 몇 살?

이 학교는 전학이나 편입도 많은 터라 몇 살짜리 아이가 올지 알 수 없었다. 입학해서 졸업하기까지 6년을 다 채우는 학생은 절반쯤 될까.

다만 찾아오는 것은 언제나 3월이다. 이유는 모른다. 이 학교에는 몇몇 기이한 습관이 있는데, 그런 습관들의 이유는 잘 알 수 없다.

바위산에 들러붙듯 지어진 기숙사 학교는 매우 평온하고 안락했지만, 죄수가 된 기분이 드는 것도 사실이었다. 바깥 세상과 연락을 취할 수단은 제한되고 외출도 금지된다.

두 사람은 종종 방 창문으로 눈 아래 펼쳐진 습원을 몇 시간씩 바라보곤 했다.

자신들이 이곳에 있는 이유.

입 밖에 내어 말하지는 않지만 그에 대해 생각한다는 것은 피차 잘 알고 있었다.

마침내 그날이 찾아왔다.

늘 입는 양복을 빼입은 교장이 한 여자애를 데리고 나타났다.

"타말라다. 오늘부터 너희 패밀리에 들어갈 거다. 사이좋게 지내라."

두 사람 다 교장의 말은 귀에 들어오지도 않았을 것이다.

가나메도 가나에도 그녀가 나타난 순간부터 그녀에게 시

선을 빼앗겼다.

타말라.

이곳에 성은 존재하지 않는다. 모두 이름으로만 부른다. 신원을 알 수 없도록 성은 비밀로 하는 것이다.

호리호리한 소녀.

살빛은 도자기처럼 하얀데 머리는 칠흑처럼 한없이 검었다. 검은 머리가 느슨하게 구불거리며 어깨 밑으로 떨어졌다.

이름으로 보건대 혼혈일 것이다. 어딘지 모르게 남유럽 쪽 향기가 났다.

눈은 짙은 갈색.

왜 그런지 그녀는 잔뜩 긴장하고 있었다.

어두운 것은 아닌데 어딘가 그림자가 드리워진 듯한 느낌.

하지만 그림자는 그녀의 아름다움을 망가뜨리기는커녕 되레 돋보이게 했다. 차고 단단한, 수수께끼 같은 분위기에 무심코 시선을 빼앗기게 됐다.

타말라는 "안녕하세요"라고 낮은 목소리로 중얼거리며 가볍게 머리를 숙였다.

가나메와 가나에가 환영의 뜻을 표하기 위해 무심코 다가가려 한 순간.

공기에 번개 같은 게 번득했다.

타말라는 얼어붙은 듯한 표정으로 재빨리 뒷걸음쳤다.

두 사람은 놀라 반사적으로 멈춰 섰다.

"맞다, 조심해 주겠니."

교장이 슬그머니 덧붙였다.

"타말라는 다른 사람하고 접촉하지 못해. 접촉공포증이라고나 할까. 그 점을 이해해 주렴."

가나메와 가나에는 얼핏 마주 봤다.

타말라는 눈을 내리깔고 "그럼 전 방으로 갈게요"라고 혼잣말처럼 중얼거렸다.

"어느 거 같아?"

둘만 남자 가나메가 물었다.

"어느 거라니?"

가나에가 말했다.

"왜, 그거 있잖아. 요람인가, 양성소인가, 묘지인가."

"으음, 글쎄. 어쩌면 또 하나일지도."

"또 하나?"

"요양 말이야."

"아, 그러네."

이 학교의 특수한 점은 다양한 배경을 가진 아이들이 모인다는 것이다. 각자의 사정에 맞춰 개별적으로 프로그램을 짠다.

'요람'은 말 그대로 험난한 세상과 접촉하지 않고 온실 같은 환경에서 지내기 위해 오는 아이. '양성소'는 예체능 등 특화된 활동을 하는 아이. 그리고 '묘지'는 모종의 사정으로 부모와 함께 살 수 없는, 또는 존재조차 비밀에 부쳐야 하는 아이다.

학생이 편입으로 들어오면 '넌 어느 건데?'라고 묻는 게 전통이었다.

그런데 실은 하나 더 있다는 소문이 돌았다.

학생들에게는 존재가 알려져 있지 않고 누구도 발을 들여놓은 적이 없지만, 이 학교 어딘가에 병동 같은 게 있어서 정신질환이 있거나 요양을 필요로 하는 아이가 그곳에서 지낸다는 소문이다.

"그렇지만 요양이면 처음부터 거기로 갈 거 아냐?"

"그건 그러네."

가나에는 어깨를 으쓱하고는 불현듯 한숨을 쉬었다.

"되게 이쁘더라. 나이는 몇 살이려나? 우리보다 위일까?"

"어른스러웠지. 하지만 유럽 사람 핏줄이면 어른스럽게 보이니까 어쩌면 밑일지도."

"그러게. 차분히 이야기해 보고 싶다."

가나에의 황홀한 표정을 보고 가나메는 뜻밖이라 생각했다. 그녀의 눈빛에서 처음 보는 열정 같은 것을 감지했기 때문이다. 그 순간 기묘한 아픔과 불길한 예감 같은 것을 느꼈다는 사실을 그는 금세 잊어버렸다.

한 학년 위 수업을 받기 시작한 것을 보고 타말라가 한 살 위라는 것을 알았다.

학교가 끝나면 일단 패밀리가 함께 모인다는 습관이 있었다. 타말라는 얼굴만 내밀고 바로 미술실로 가버렸다.

"그림 그리는 거야?"

가나에가 묻자 "응"이라고 짤막하게 대답했다.

말수가 적은 타말라는 말할 때는 늘 고개를 숙이고 최소한의 말만 했다.

접촉공포증이라기보다 대인공포증인가? 하고 가나메는 생각했다.

"구경하러 가도 돼?"

가나에가 다시 묻자 타말라는 순간 당황한 표정을 지었지만 "응"이라고 대답하며 눈을 내리깔았다.

둘이 타말라를 따라가니 미술실 안에 커다란 캔버스가 놓여 있었다.

"와, 이게 그거야?"

가나에가 환성을 질렀다.

2제곱미터 조금 안 될 것 같은 큰 캔버스에 아직 완성되지 않은 그림이 있었다. 명백히 취미로 그리는 수준이 아니었다.

"굉장하다. '양성소'네."

가나에가 그렇게 외치자 타말라는 의아한 표정을 지었다.

"양성소?"

타말라의 물음에 가나에는 황급히 입을 다물었다.

"아, 응, 아무것도 아냐. 그림 참 멋지다. 타말라, 되게 재능 있네."

가나에는 찬찬히 그림을 살펴봤다.

확실히 '양성소'일지도 모르겠다.

가나메는 가나에와 나란히 서서 그림을 바라봤다.

대단히 생생하고 격정적인 그림이었다. 보다 보니 가슴이 술렁였다. 뭘까, 이 불안감은.

타말라는 가나에가 진심으로 감탄하는 것을 느꼈는지 기쁜 듯 생긋 웃었다.

처음으로 보는 그녀의 웃는 얼굴은 구름 사이로 빛이 비쳐 드는 것처럼 아름다워 가나메와 가나에는 반하고 말았다.

그런데 타말라는 웃음을 보인 것을 후회하듯 표정을 가다듬고 그림물감을 준비하기 시작했다.

타말라에게서 멍하니 시선을 떼지 못하는 가나에를 보고 가나메는 위태로움을 느꼈다.

사랑. 가나에는 타말라에게 연애 감정을 느끼는 것이다.

차분하고 말수가 적고 접촉공포증이 있는 아름다운 타말라.

하지만 내면은 이 그림 같은 게 아닐까? 그녀에게 뭔가 비밀이 있는 게 아닐까?

그림을 그리기 시작한 타말라를 가나에는 조금 뒤로 물러나 꼼짝 않고 바라봤다. 그런 가나에를 가나메가 보고 있었다.

뭔가 불길한 예감이 들었다. 기분 탓이면 좋을 텐데.

매주 교장실에서 다과회가 열린다.

초대받는 학생은 그때그때 다르다.

가나에와 가나메도 여러 번 초대받았는데 그날은 타말라도 초대를 받았다. 타말라는 내키지 않는 듯했지만 마지못해 왔다. 그림에 집중하고 싶은 것일지도 모르겠다.

교장실은 차분하고 중후한 분위기의 방이다.

교장은 언제나 자신이 넘치고 아주 매력적이었다. 그를 선망하는 학생도 많았다. 여학생만이 아니라 남학생 중에도 열렬한 팬이 있었다. '친위대'를 자칭하는 학생까지 있었다.

가나에와 가나메도 교장의 매력을 인정하기는 했지만 친위대처럼 무조건적으로 숭배하는 데에는 저항감이 있었다. 그에게는 어딘지 모르게 경계심을 불러일으키는 부분이 있었다.

그날 초대객은 여섯 명.

모임을 주관하는 교장의 흠잡을 데 없는 수완 덕에 대화가 활기를 띠었다.

타말라만은 구석 자리에서 변함없이 입을 다물고 있었지만.

"어떠냐, 타말라? 학교생활엔 좀 익숙해졌나?"

교장의 말에 타말라는 흠칫 놀란 듯 고개를 들더니 "네"라고 짤막하게 대답했다. 그리고 그 이상 이야기하기를 거부라도 하듯 찻잔을 들어 입으로 가져갔다.

어라?

가나메는 타말라의 잔만 다른 사람들과 다르다는 것을 깨달았다.

다른 사람들은 같은 세트의 파란 꽃무늬 찻잔인데, 타말라 것만 꽃무늬가 보라색이었다.

딱히 어떻다 할 일이 아닌데도 어쩐지 그게 마음에 걸렸다.

얼마 동안 조용히 홍차를 마시던 타말라는 이윽고 흠칫 놀라 고개를 들어 교장을 봤다.

교장도 타말라를 보고 있었다.

타말라는 얼굴이 파랗게 질려 시선을 피했다.

"왜, 타말라?"

그 모습을 보고 가나에가 물었다.

"아무것도 아냐. 선생님, 전 몸이 좀 좋지 않아서 이만 실례할게요."

타말라는 서둘러 일어섰다.

"괜찮아? 나중에 어떤지 보러 가마."

교장은 타말라에게 시선을 고정한 채 그렇게 말했다.

"괜찮아요."

타말라는 낮게 중얼거리고 도망치듯 나갔다.

"쟤 뭐지?"

"이상한 애네."

초대객들이 수군거렸다.

가나메는 테이블에 남아 있는 보라색 꽃무늬 찻잔을 응시했다.

그 뒤로도 타말라는 종종 다과회에 초대되는 듯했다.

어딘지 모르게 기묘한 모습이었다.

마지못해 갔다가 새파랗게 질린 얼굴로 돌아오는 일이 매번 반복됐다.

"괜찮아, 타말라?"

가나에가 걱정해서 보러 가면 늘 "괜찮아, 아무렇지도 않아"라고 대답은 하는데 몸져누워 일어나지 못했다.

타말라는 2인실을 혼자 썼다.

가나에와 같이 보러 가면 언제나 창문을 활짝 열어두고 있었다.

"춥지 않아?"

가나에가 창문을 닫으려고 하면 "괜찮아, 그냥 둬"라고 했다.

"창문이 열려 있지 않으면 불안하거든."

타말라는 그렇게 중얼거리고 "누워 있으면 나아"라며 두 사람에게 나갈 것을 재촉했다.

가나메와 가나에는 마주 보고는 방에서 나왔다.

그런 일을 너덧 차례 되풀이했을 때 가나에가 복도에서 중얼거렸다.

"이상해. 왜 맨날 저렇게 되는 거지? 다과회에 갈 때마다 저러잖아."

가나에의 눈에는 의심과 노여움이 서려 있었다.

"이유가 뭘 거 같아?"

가나메는 물었다.

하지만 가나에가 어렴풋이 자신과 같은 생각을 하고 있다는 것은 이미 눈치채고 있었다.

"알면서 물어?"

가나에가 답답하다는 표정으로 가나메를 봤다.

"소문은 들어봤지만 사실이었구나."

동생이 어두운 목소리로 중얼거리는 것을 가나메도 어두운 기분으로 들었다.
"뭔가 약을 타는 거야."
"차에?"
"응. 타말라만 찻잔이 달랐잖아."
가나에도 알아차렸던 것이다.
"응. 다른 사람들은 다 파란색인데 타말라 것만 보라색이었지."
"저번에 타말라랑 같이 초대받은 애한테 부탁했거든. 타말라 찻잔만 보라색인지 아닌지 봐달라고."
가나메는 놀라 동생을 봤다. 전부터 이상하게 생각했다는 뜻이다.
"그랬더니?"
"역시 그랬대. 타말라만 보라색 찻잔이었대. 잔에 먼저 독을 발라놓고 차를 따르는 걸지도 몰라. 타말라가 쓸 잔을 구별하려고 표시하는 거야."
"그럴 리가."
가나메는 고개를 저었지만 부정할 수는 없었다.
"들은 적은 있었어."
가나에는 노여움 어린 목소리로 내뱉듯 말했다.
"여기를 애들 진짜 '묘지'로 삼고 싶은 부모가 있고 교장이 거기에 가담한다는 이야기. 다과회를 여는 습관은 쉽게 독을 먹일 수 있기 때문이고, 정서가 불안정한 애한테는 진정제 같은 것도 몰래 먹이고 있다. 그리고……."

가나에의 목소리가 떨렸다.

"가끔, 정말로…… 정말로 독을 먹여 병들게 해서 죽이는 경우도 있다고."

가나메는 저도 모르게 외면하고 말았다.

그래, 소문은 들은 적 있었다. 이 학교의 특수한 환경. 터무니없이 비싼 학비. 그건 학교 내에서 벌어지는 불법행위에 대한 보수라고.

"그럼……."

가나메는 용기를 내서 가나에를 봤다.

"타말라는 왜 다과회에 가는 걸까. 타말라, 처음 갔을 때 차에 뭔가 들었다는 걸 눈치챘어. 물론 교장도 그걸 알아차렸고. 그런데도 계속 타말라를 다과회에 초대하고 타말라도 가잖아. 이유가 뭐지?"

가나메가 이상하게 생각한 것은 차에 뭔가 넣었다는 사실보다 그 점이었다.

가나에는 얼마 동안 침묵했다.

그러더니 얼굴을 쳐들고 가나메를 매섭게 노려봤다.

"모르겠어. 하지만 이대로 그냥 둘 순 없어."

가나메는 동생의 눈빛에 압도됐다.

"어쩌려고?"

"이대로 가면 타말라가 죽을 거야."

가나에는 눈물을 글썽이며 손으로 입을 막았다.

"안 돼, 그런 건 싫어. 대체 어느 부모가 그런 멋진 애를 죽이려는 거야? 믿을 수 없어. 교장선생님도 너무해. 그런 일을 받아들이다니."

가나메는 경악했다.

동생이 이렇게까지 타말라에게 반했을 줄이야.

또다시 가슴이 기묘하게 욱신거렸다.

그는 자신이 타말라를 질투한다는 것을 깨닫고 그에 대해서도 놀랐다.

"여기는 그 인간이 지배하는 곳이야."

가슴이 따끔따끔했다.

가나메는 목소리를 낮추었다.

"실질적으로 우리는 그 인간한테 거역할 수 없어."

"풀어줄 거야."

가나에가 중얼거렸다.

"뭐?"

"타말라한테 뭔가 교장한테 거역할 수 없는 사정이 있는 거야. 그럼 여기를 벗어나게 하는 수밖에 없잖아."

"어떻게?"

"생각해 봐야지. 가나메, 도와줄 거지?"

동생의 불타는 듯한 격정 어린 눈동자에 가나메는 고개를 끄덕이는 것 외에 달리 할 수 있는 일이 없었다.

"……도망친다고?"

오늘도 창이 열려 있었다.

타말라는 침대에 일어나 앉아 멍하니 중얼거렸다.

가나에는 이번에도 다과회에 다녀와 몸져누운 타말라의 방에 가나메와 함께 쳐들어가 계획을 털어놨다. 대조大潮 때 습원을 보트로 건넌다는 것이다. 날 밝기 전에 출발하면 간선도로까지 몇 시간이면 갈 수 있다.

망연히 듣던 타말라는 힘없이 고개를 흔들었다.

"불가능해. 그럴 순 없어."

"왜? 이대로 가다간 죽을 거야."

타말라는 말없이 고개만 계속 흔들었다.

"나도 같이 갈게."

가나에는 그렇게 선언했다.

"뭐?"

타말라와 가나메가 동시에 소리쳤다.

"가나에, 진심으로 하는 소리야?"

가나메는 저도 모르게 가나에에게 따졌다.

"타말라를 데려다준 다음에 돌아오는 거 아니었어?"

가나에는 고개를 흔들었다.

"아니, 나도 갈 거야. 안 그러면 타말라는 도망가지 않을 걸. 타말라, 부탁이야, 제발 나랑 같이 도망가자."

가나에는 애원했다.

타말라는 기묘한 것을 보는 듯한 시선으로 가나에를 응시했다.

"널 잃고 싶지 않아. 니가 살아 있으면 좋겠어."

가나에의 눈에 눈물이 맺혔다.

타말라가 놀라 눈을 크게 떴다.

이윽고 그녀는 몸을 부들부들 떨기 시작했다.

얼굴이 일그러지고 두 눈에서 눈물이 뚝뚝 떨어졌다.

그녀가 감정을 드러낸 것은 처음이었다.

타말라는 쥐어짜듯 말했다.

"기뻐. 기뻐, 가나에. 하지만 그럴 순 없어. 네 마음만 받을게."

"어째서? 이유가 뭐야?"

"안 돼. 난 안 돼."

가나에가 저도 모르게 어깨를 잡으려 하자 타말라가 몸을 슥 뺐다.

"건드리지 마!"
가나에가 움찔했다.
"날 내버려둬! 둘 다 나가!"
타말라는 두 손으로 얼굴을 가리며 부르짖었다.
"제발 나가줘!"
그녀의 외침을 어깨 너머로 들으며 두 사람은 방에서 나올 수밖에 없었다.

"대체 무슨 사정이 있는 걸까. 그렇게까지 해서 여기 남아서 다과회에 가는 건 왜지? 혹시 자살하고 싶은 마음이라도 있는 걸까?"
가나메는 방 안을 오락가락했다.
가나에는 의기소침해 의자에 주저앉아 있었다.
"가나에, 너 그거 진심으로 한 말이야? 진짜 같이 갈 생각이었어?"
가나메가 물어도 대답하지 않았다. 멀거니 바닥만 응시했다.
성이 나서 대답을 기다렸지만 그녀는 계속 무시했다.
"맘대로 해."
가나메는 거친 발걸음으로 방에서 나왔다.

그 뒤로 두 사람 사이에 타말라의 도망 계획이 화제에 오르는 일은 없어졌다.

그래도 하루하루가 지나갔다.

타말라는 계속 다과호에 나갔다. 그런데 요새는 돌아와서 앓아눕지 않게 됐다. 차를 마시지 않는 것 같았다.

가나에는 매일 미술실로 가서 그림을 그리는 타말라를 먼발치에서 바라보는 모양이었다. 가나메는 막연히 동생과 함께 타말라를 만나러 가기를 그만뒀다. 두 사람은 이제 도망치자는 이야기는 하지 않고 아무 일 없었던 것처럼 잡담만 주고받는 듯했다.

타말라가 지금 날 그려주는 중이야.

온화한 표정으로 그렇게 말하는 가나에를 보고 가나메는 내심 안도했다.

포기했나 보지.

그렇게 스스로를 타일렀다.

타말라도 이제 차를 마시지 않는 것 같다. 삶을 택한 것이다. 가나에가 한 말의 영향일 것이다. 그렇다면 도망칠 필요도 없다.

가나에는 그렇게 생각하며 자신을 진정시키려 했다.

폭죽이 터지고 있다.

습원 위에 폭죽이 터지고 있다.

선명한 색상의 커다란 꽃이 곳곳에 핀다.

그것을 타말라와 가나에가 올려다보고 있다.

와아, 예쁘다.

굉장하네.

두 사람은 얼굴을 빛내며 불꽃을 가리키며 즐겁게 웃고 있다. 웃고 있다.

가나메는 눈을 떴다.

쿵쿵쿵쿵.

불꽃놀이?

방은 캄캄했다. 창문을 보니 아직 어둑어둑했다.

불꽃놀이가 아니라 누가 문을 두드리는 소리라는 것을 깨달았다.

"가나메! 일어나라, 가나메!"

목소리를 듣고 교장이 방문을 노크한다는 것을 알았다.

황급히 일어나 잠이 덜 깬 채 문을 열었다.

눈앞에 교장이 더없이 굳은 표정으로 서 있었다.

찬 기운이 느껴지는 것은 얼마 전까지 밖에 있었기 때문인 듯했다.

가나메는 잠이 확 깼다.

무슨 일이 벌어진 거지?

"옷 갈아입고 나와라."

교장은 그렇게 말하고는 돌아서서 걷기 시작했다.

가나메는 서둘러 교복으로 갈아입고 뒤를 따랐다.

공기는 차고 주위는 고요했다.

교장은 한 번도 돌아보지 않고 성큼성큼 비탈을 내려갔다.

이 앞에 아무것도 없을 텐데. 습원이 있을 뿐.

갑자기 머릿속에 번득 떠오른 말이 있었다.

대조.

가나메는 걸음을 서둘렀다. 심장이 빠른 속도로 뛰는 것을 알 수 있었다.

설마, 그럴 리가. 설마 두 사람이 도망쳤나?

이윽고 세찬 울음소리가 들려왔다. 여자애 울음소리.

가나메는 움찔했다.

누구 목소리지? 가나에인가?

그때 보였다.

누워 있는 소녀와 그 소녀의 몸에 매달리는 소녀.

"가나에?"

가나메는 비명을 지르며 달려갔다.

좁은 물가의 절벽 아래, 눈에 띄지 않게 떠 있는 보트가 보일 듯 말 듯 흔들렸다.

도망치려 한 것이다.

대조.

타말라. 울고 있다.

누워 있는 소녀는 가나에다.

어째서? 무슨 일이 있었던 거지?

"가나에?"

머릿속에 말이 맴돌았다.

그러나 동생은 누운 채 꼼짝도 하지 않았다. 그가 부르는 소리에도 답하지 않았다.

죽었다.

가나에가 죽었다.

타말라는 가나에에게 매달려 몸을 비틀며 울부짖고 있었다.

저래도 괜찮은 건가? 접촉공포증 아니었나?

멍하니 그런 생각을 했다.

"왜죠?"

가나메는 그렇게 중얼거리며 교장을 망연히 쳐다봤다.

"타말라가 나한테 와서 도움을 청했다. 가나에가 쓰러졌다면서."

교장은 두 소녀에게 시선을 둔 채 나지막이 중얼거렸다.

"가나에! 날 용서해 줘, 가나에!"

타말라는 하늘을 우러르며 울부짖었다.

용서하라고? 뭘 용서하라는 거지?

가나메는 동생의 얼굴을 멀거니 바라봤다.

기묘한 표정. 놀란 것도 같고, 웃는 것도 같고, 황홀해하는 것도 같은.

무슨 표정이지?

"심장발작을 일으킨 것 같다. 외상은 없어."

교장이 중얼거렸다.

"말도 안 돼요. 가나에는 지병 같은 거 없었는데요."

가나메는 떼쓰듯 도리질 쳤다.

믿기지 않았다. 받아들여지지 않았다.

가슴의 아픔. 타말라에 대한 질투.

온갖 감정이 몸속에 희오리쳤다.

"가나메, 이따가 교장실로 와라."

그 목소리만 머릿속에 새겨졌다.

달카닥. 보라색 꽃무늬 찻잔이 눈앞에 놓였다.

가나메는 느릿느릿 교장의 얼굴을 올려다봤다.

"너희가 눈치챈 것처럼 타말라가 마시는 홍차엔 독이 들어 있었다."

가나메는 교장의 입이 움직이는 것을 멍하니 바라봤다.

이제 그런 것은 아무래도 상관없었다.

가나에가 죽었다. 가나에가 죽었다. 동생이 죽었다.

그 사실만이 머릿속을 맴돌았다.

"가나메, 잘 들어."

매서운 목소리였다.

"아닌 게 아니라 타말라만 찻잔을 구별해서 차에 독을 넣었어. 왜냐하면 타말라에게 그게 필요했기 때문이다."

순간 무슨 말을 들었는지 알 수 없었다.

가나메는 무의식중에 "네?" 하고 되물었다.

교장은 테이블에 팔꿈치를 얹고 가나메를 응시했다.

"보르자가家에 대해 들어봤느냐?"

"보르자가요?"

갑작스러운 이야기에 가나메는 어리둥절했다.

어째서 뜬금없이 보르자가가 나오지?

"15~16세기 이탈리아의 명문이지. 마키아벨리즘의 어원이 된 마키아벨리에게 영향을 미쳤다고도 하는, 기괴한 권모술수로 유명한 일족이야. 일설에 따르면 정적을 잇따라 암살했다고 하지. 무슨 방법으로?"

교장은 찻잔에 시선을 주었다.

"독이다."

가나메도 덩달아 찻잔을 봤다.

"보르자가는 독약을 다루는 데 능했다고 한다. 독살도 꽤 많이 한 모양이고. 독을 다루는 데 능한 일족은 독극물 연구도 했다고 하더군. 이것도 전설에 불과하다만, 어렸을 때부터 조금씩 독을 섭취해서 내성이 생기게 했다는 이야기도 있어."

교장이 무슨 말을 하는 건지 잘 알 수 없었다.

독에 대한 토막 상식이라도 알려주겠다는 건가?

"보르자가만이 아니야. 독극물을 다루는 데 능한 일족은 생각하는 바가 똑같은 모양이지. 실제로 어렸을 때부터 독극물을 접할 일도 많고, 유전적으로 내성이 있을지도 몰라. 개중엔 의도적으로 아이의 내성을 길러서 암살자로 키우는 경우도 있었다고 한다. 그 결과, 내성이 생기는 정도가 아니라 호흡이며 체액 자체가 독성을 띠는 사람도 있고."

호흡. 체액.

뭔가 잊은 게 있다는 생각이 들었다.

"타말라가 그렇다."

열린 창문.
몸을 빼는 타말라.
접촉공포증.
"설마……."

가나메가 겁에 질린 눈으로 보자 교장은 고개를 끄덕였다.

"그래. 타말라의 체액엔 사람을 죽일 수 있는 독성이 있어. 호흡도 위험하고. 밀폐된 공간에 같이 있으면 그것만으로도 영향을 받지."

가까이 오지 마.

눈을 내리깔고 불분명하게 중얼거리는 타말라.

말수가 적은 소녀.

웃지 않는 소녀.

"그림을 그리기 시작한 것도 캔버스 앞에 앉아 있으면 다른 사람하고 얼굴을 맞댈 필요가 없기 때문이야. 타말라가 내쉬는 숨에 접촉할 염려도 없지. 게다가 큰 캔버스에 그림을 그리고 있으면 다른 사람들은 자연히 뒤로 물러나 멀리서 그림을 보게 돼. 가까이 다가오지 않아. 그게 이유였을 거다. 재능이 있었던 것도 사실이다만."

생생하고 격정적인 그림.

그녀의 내면에 감춰져 있었던 것.

"그 때문에 타말라는 이미 독을 복용하는 게 자연스러운 상태였어. 학교 내에서 타말라가 독을 소지하게 할 순 없으니 내가 관리하면서 가끔씩 복용하게 했다."

"그럼 어째서 타말라는 다과회에 갔다 오면 늘 몸이 안 좋아졌던 거죠?"

가나메가 묻자 교장은 가볍게 한숨을 쉬었다.

"정신적인 거야. 타말라는 자기 운명을 저주하고 있었어. 정기적으로 독을 복용해야 한다는 상황에 거센 자기혐오감에 빠져 있었어. 그 때문에 다과회에 가서 차를 마시면 낙담하고 마음이 괴로워져. 계속 그게 되풀이된 거다. 알고는 있었다만 복용하지 않아도 괴로워진다는 것도 알고 있었으니 말이다. 어쩔 수 없었어."

"하지만 요새는 차를 안 마셨는데요? 그렇게 괴로워하는 것 같지 않았어요."

"가나에 때문이다."

"가나에?"

"타말라는 친구를 사귀지 않으려고 했어. 접촉하면 상대방한테 해가 되니까. 그래서 접촉공포증이라는 구실로 말수를 줄이고 되도록 타인에게 접근하지 않으려고 했어. 하지만 가나에는 타말라를 사랑했어. 타말라의 생존을 바랐어. 그리고 타말라도 가나에를 사랑하게 됐어."

널 잃고 싶지 않아.

두 사람 사이에 오간 시선이 생각났다.

얼굴을 일그러뜨린 타말라.

사랑에 빠진 두 사람

"타말라는 독성을 제거하려고 한 게 틀림없어. 이제 와서

손쓸 방법이 없을지도 모르지만 복용만 안 하면 약해질 수도 있다고 생각했겠지. 그리고 가나에는 포기하지 않았어. 타말라가 독을 섭취하지 않게 된 걸, 살기로 한 거라고 생각했어. 어떤 의미에선 사실이었다만, 가나에는 그걸 타말라도 도망칠 마음이 생긴 거라고 받아들였을 테지."

"그래서 대조 때……."

"그래, 도망치기로 한 거다."

"그럼 가나에가 죽은 건……."

그 장면이 보이는 듯했다.

드디어 도망치게 된 순간, 두 사람은 더는 참지 못하게 됐을 것이다.

열렬한 입맞춤을 한 것이다.

타말라의 숨을 들이쉬고, 타말라의 침을 마셨다. 그 때문에 가나에는…….

가나메는 어깨를 부르르 떨며 자신의 상상을 떨쳐냈다.

타말라는 가나에에게 사실대로 말했을까. 자신의 저주받은 몸에 관해.

고백할 시간도 없을 만큼 사랑의 충동에 휩쓸렸을까.

아니면 가나에는 알고 있었을까. 알면서도 죽음의 키스를 받아들였을까.

죽은 가나에의 기묘한 표정이 떠올랐다.

알고 있었을지도 모른다. 알면서 황홀경에 빠져 죽었을지도 모른다. 그렇게 생각하고 싶어지는 표정이었다.

가나메는 눈물을 훔쳤다.

"가나에를 한 번 더 만나게 해주세요. 작별 인사를 하게 해주세요. 여기서 죽은 학생은 '전학'으로 처리된다는 건 알지만, 마지막으로 한 번 더 만나고 싶습니다."

"그건 안 돼."

교장은 고개를 흔들였다.

"가나에는 실패했다."

그 말이 가나메의 어깨를 무겁게 짓눌렀다.

실패.

"난 너희 둘을 시험하고 있었다. 타말라의 진상을 간파할 수 있는지. 타말라가 스스로 진실을 밝히게 할 수 있는지."

가나메는 숨을 멈추고 교장의 얼굴을 응시했다.

"시험했다고요? 우리를?"

교장의 얼굴은 무표정했다.

"그래. 일부러 타말라와 같이 다과회에 불렀어. 타말라의 찻잔만 다르다는 걸 금세 알아차린 것까지는 좋았다만, 단순한 독이라고 생각한 건 너무 경솔했구나. 타말라의 언동을 주의 깊게 관찰했다면 힌트는 곳곳에 있었건만."

힌트. 언동.

가나메는 침을 꿀꺽 삼켰다.

우리를 시험하고 있었다. 빤히 다 보고 있었다.

"가나에가 진상을 알고 있었는지 아닌지는 알 수 없다만, 알면서 충동에 휩쓸렸다면 실격이다. 몰랐다고 해도 바로 이변을 알아차렸어야 했고."

실격.

동생의 표정. 웃는 것도 같고, 놀란 것도 같은.

"난 어때요, 아버지?"

가나메는 조용히 중얼거렸다.

"나도 실격이에요?"

우리는 싸우고 있다.

내내 싸우고 있다. 피를 나눈 형제들과, 누가 아버지 자리를 이어받을지를 두고.

교장은 보일 듯 말 듯 고개를 갸웃했다.

"유보다. 적어도 넌 뭔가 있다는 걸 알아차리고 있었어. 다음에 또 실패하면 그땐 용서하지 않는다."

가나메는 살짝 한숨을 쉬었다.

"자, 방으로 돌아가라."

교장은 손을 내저었다.

가나메는 교장의 손을 올려다봤다.

"타말라는 어떻게 되죠?"

"충격이 심하니 의료동으로 옮길 거다. 진정되기까지 시간이 걸리겠지. 경우에 따라선 가나에를 잊게 해야 할지도 모르겠구나."

"그럼 타말라의 마지막 그림을 가져도 돼요?"

교장은 뜻밖이라는 표정을 지었다.

"너도 그 애를 좋아한 거냐?"

가나메는 천천히 고개를 흔들었다.

"마지막 그림은 가나에의 초상화였거든요."

그 뒤로 세월이 얼마나 흘렀을까.

그는 회상에서 깨어났다.

그래, 나는 두 번 다시 실패하지 않았다. 그 뒤로 계속해서 아버지의 과제를 완수하고 형제들과 싸워, 이 교장실을, 이 성을, 이 왕국을 물려받았다.

얼핏 침실 쪽에 시선을 던졌다.

타말라가 그린 가나이의 초상화가 걸린 방.

아버지는 타말라의 그림을 갖도록 허락해 주었다. 입 밖에 내어 말하지는 않았지만, 경쟁 상대였다고는 해도 가까웠던 동생을 잃은 것을 측은하게 생각했는지도 모른다.
 아니면 단순히 타말라가 가나에를 기억하지 못하게 하려는 이유였을 수도 있지만.
 교장은 들고 있던 양복을 도로 걸었다.
 그리고 반대쪽 벽으로 시선을 돌렸다.
 그곳에는 여자 옷이 주르르 걸려 있었다.
 동생의 상실로 입은 타격은 컸다. 그는 여러 해 동안 그 사실을 받아들이지 못했다. 그 무렵부터 그는 동생이 남긴 옷을 가끔씩 입어보기 시작했다. 동생이 되어 시간을 보내며 동생과 대화를 계속했다.
 그 습관은 지금도 이어지고 있었다. 이제 대화는 하지 않지만 자기 안에 아직 동생이 있다는 게 느껴졌다.
 "역시 오늘은 이쪽을 입어볼까."
 교장은 여자 옷 앞에 서서 회색 타이트스커트를 꺼내 들고 1년 만에 만나는 딸을 맞이하기 위해 익숙한 동작으로 몸단장을 시작했다.

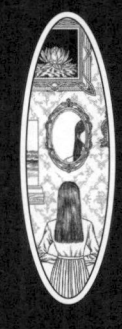

수련

벚나무 밑에는 시체가 묻혀 있다는 말 있잖아? 수련도 그래. 수련 밑에는 예쁜 여자애가 묻혀 있어. 연못 밑바닥 캄캄한 진창에 묻힌 예쁜 여자애한테서만 저런 아름다운 꽃이 피는 거야.

처음에 그렇게 말한 사람이 미노루였는지 와타루였는지 이제 기억이 나지 않지만, 그 말을 처음 들었을 때 무척 수긍이 갔던 기억이 있다. 북쪽 창문으로 보이는 늪을 보면 왜 그런지 늘 우울한 기분이 들었으나, 묵직하고 단단한 수면에 뜬 기하학적인 모양의 꽃은 보석처럼 아름다웠다. 맑게 갠 날 낮에도 어둑어둑하고 장독이 가득한 탁한 물속에서 티 하나 없는 꽃이 태어나는 것은, 흡사 날마다 작은 기적을 보는 느낌이었다. 그렇기에 진창 속에 살빛이 하얀 인형 같은 소녀가 누워 있고 이마에서 꽃이 벋어 나오는 이미지는, 당시의 내게 상당히 설득력이 있었다.

리세한테서도 꽃이 필까.

내가 그렇게 중얼거리자 와타루의 얼굴이 몹시 어두워졌다. 그는 내가 늪을 보고 있으면 늘 얼핏 언짢은 표정을 지었다. 평소에는 쾌활하고 서글서글한 소년인 만큼, 그의 그런 표정을 볼 때마다 무딘 고통을 느꼈다. 나는 그것을 무시하고 물었다.

와타루 생각엔 어때? 그의 말로 내 외모를 보증받고 싶었다.

그야 당연히 피지. 리세 너한테선 누구보다도 큰 꽃이 필 걸. 하지만.

와타루는 성난 목소리로 말하다 말고 입을 다물었다. 나는 뒷말을 기다렸다. 하지만?

그러려면 어둡고 차가운, 미끌미끌한 진창에 빠져야 해.

그렇게 말한 와타루의 옆얼굴은 창백했다.

어렸을 때, 세계는 몹시 평탄했다. 초등학교가 끝나고 집에 와도 오빠들이 돌아오려면 한참을 기다려야 했다. 2학년에 올라오자마자 이곳으로 이사 왔는데, 그때 이미 미노루는 고등학생이었고 와타루는 고등학교 입시를 앞둔 중학교 3학년이었다. 나는 혼자 있는 게 싫지 않았거니와, 소란스럽기만 하고 고무공처럼 무작정 부딪쳐 오는 같은 반 아이들에게 막연히 위화감을 느꼈던 터라, 집에서 책을 읽거나 피아노 연습을 하거나 옛날 레코드를 듣거나 할머니를 돕는 편이 훨씬 적성에 맞았다. 할머니는 말수가 많다는 인상은 전혀 없었지만, 질문을 하면 이것저것 많이 가르쳐주었다. 잔소리는 하지 않았어도 엄격했다. 내게는 그 엄격함과 거리감이 기분 좋게 느껴졌다. 나는 방만함보다 가지런히 정돈된 세계를 좋아했다.

당시 살던 집은 오래된 서양식 저택으로, 현관에서 2층으로 올라가는 계단의 셋째 단이 내 지정석이었다. 비 내리는 조용한 오후에 턱을 괴고 앉아, 현관 유리창 너머로 대문을 주시하며 오빠들이 돌아오기를 기다렸다. 회색 시간은 정지한 듯했다. 세계는 영원했고 비는 그칠 줄 몰랐다.

그래도 언젠가는 두 사람이 돌아왔다. 미노루가 철 대문을 열고 들어오면 늘 기쁨을 느끼는 동시에 긴장했다. 미노루는 내가 계단에 앉아 있는 것을 보면 반드시 무표정한 얼굴로 나를 응시했다. 나는 평정을 가장하면서도 경계했다. 미노루는 은 나이프처럼 아름다웠다. 늘 침착하고, 늘 주변을 관찰하고, 늘 머리가 좋았다. 창유리를 사이에 두고 우리는 마주 바라봤다. 그는 현관문을 열고 내게 말했다.

리세, 턱을 괴면 못써. 치아가 고르지 않게 돼. 불결한 여자애가 된다.

미노루는 '불결한 여자애'가 질색이었다. 살찐 여자애, 못생긴 여자애, 머리 나쁜 여자애, 성격이 비뚤어진 여자애. 입 밖에 내어 말하지는 않았지만 그의 눈을 보면 알 수 있었다. 길에서 스쳐 지나가는 여자애들을 흘깃 보는 싸늘한 시선. 썩은 사과를 발견했을 때 같은 불쾌한 눈초리.

새 그림자처럼 눈동자에 스치는 경멸. 나는 늘 유리창 너머에서 공포를 찾고 있었다. 그가 나를 보는 시선에 '불결한 여자애'에 대한 경멸이 섞여 있지 않나 하고.

반면, 와타루가 돌아왔을 때는 늘 솔직한 기쁨을 느꼈다. 주인을 기다리던 개가 느끼는 기쁨. 드디어 놀 수 있겠구나 하는 안도감. 와타루는 나를 보면 늘 기쁜 듯이 싱긋 웃었다.

어휴, 배고프다, 뭐 없어? 나는 달려가 와타루 주위를 맴돌았다.

쳇, 수학 시험 최저 기록 경신했다. 와타루는 교모를 벗어 내 머리에 아무렇게나 씌웠다.

왜? 와타루, 자신 있는 과목이잖아. 와타루의 모자 냄새. 개구쟁이 남자애 냄새.

그때 어째 컨디션이 안 좋았거든. 아침부터 설사했으니까.

와타루의 자전거를 함께 타고 강둑을 달렸다. 두 손을 모두 떼고 기성을 지르는 와타루에 맞춰 나도 새된 소리를 질렀다. 뱀딸기를 따고, 나무를 올라가 새 둥지를 찾았다. 와타루의 명랑한 웃음이 태양 아래 폭죽처럼 터졌다.

리세, 겐지 이야기 알아? 진흙투성이 신발을 허리춤에 차고 맨발로 와타루의 등에 매달린 내게 와타루가 느닷없이 물었다.

몰라. 왜? 순간, 와타루의 등이 굳었다.

아니, 아무것도 아냐. 바람이 와타루의 목소리를 삼켜버렸다. 주황빛 강변 풍경이 획획 날아갔다.

그들이 내 친형제가 아니라는 것을 나는 어렴풋이 눈치채고 있었다.

할머니는 진짜 할머니였다고 생각한다. 그녀와 있을 때 느끼는, 그녀와 나 사이에 존재하는 한 줄기 굵은 흐름 같은 것은 명확했다. 미노루와 와타루는 아마 내 사촌이 아니었을까. 철들었을 때부터 우리 집 가족 구성이 남들과 다르다는 것을 알아차렸다. 다른 아이들에게 반드시 있는 '부모'라는 성인 남녀가 존재하지 않는 것을 이상하게 여기기는 했어도 그 때문에 불편을 느낀 적은 없었다. 그렇지만 나는 어딘지 모르게 지금의 가족에게서 풍기는 가짜 냄새도 감지하고 있었다. 임시방편, 진짜가 아닌 것. 나는 그 속에서 내게 주어진 역을 연기하는 법을 익혔다. 미노루 앞에서는 예쁘고 완벽한 여자애를, 와타루 앞에서는 쾌활하고 소년 같은 누이동생을,

할머니 앞에서는 야무지고 손이 가지 않는 손녀를. 여자애는 만들어진다. 남자애와 어른의 눈이 여자애를 만들어낸다.

리세, 아주 잘하더라. 이거 받아.
느닷없이 주황색 거베라 꽃다발이 눈앞에 불쑥 나타났다. 꽃다발을 든 손 너머로 뜨겁고 축축한 눈동자를 본 순간, 나는 세찬 공포를 느꼈다. 뭐지, 이건. 이 눈은 뭐야. 왜 이런 눈으로 나를 보는 거야. 거베라 꽃잎이 물렁하게 일그러지는 듯했다. 나는 겁에 질려 조심조심 꽃다발을 받은 다음, 울며 와타루에게 달려갔다. 혐오감과 공포가 서린 내 얼굴을 보고 놀란 와타루는, 달아나 버린 나를 어리둥절한 표정으로 바라보는 옆 반 남자애를 발견하고 괴로운 눈빛으로 희미하게 몸을 비틀었다.

미지근하고 흐린 저물녘이었다. 울창한 나무들 뭉텅이가 몸을 꼬듯 흔들렸다.

동네 작은 홀에서 열린 피아노 학원 발표회가 끝난 다음이었다.

리세가 제일 잘하고 제일 귀엽더라.
미노루가 기분 좋아 앞장서서 걷고, 그 뒤를 나와 와타루가 왠지 모르게 고개를 숙이고 힘없이 걸어갔다. 손에 든 거베라 꽃다발과 반짝반짝 광을 낸 구두코가 보였다. 레이스

양말. 검은 스트랩 구두. 검은 벨벳 원피스. 예쁜 여자애라는 우상. 완벽한 여자애라는 상품. 나는 처음으로 미노루의 눈동자에 담긴 말을 깨달았다.

나무들이 바람에 신음하고, 새 떼가 둥지로 돌아갔다.

숙제에 쓸 책을 빌리려고 와타루의 책꽂이를 뒤지는데, 영일사전에서 사진 한 장이 팔랑 떨어졌다.

무심코 주워 든 순간, 가슴이 지끈 쑤셨다.

와타루와 한 소녀가 나란히 웃고 있었다. 청초하고 사랑스러운 소녀였다. 팔이 가볍게 닿을 만큼 가까이 다가서 있다. 나는 동요했다. 주황색 거베라의 잔상. 가슴에 치밀어 오르는 시커먼 혼란에 뚜껑을 씌우듯 사진을 사전에 끼우고 탁 소리 내어 덮었다.

비가 한차례 내릴 때마다 계절이 바뀌었다. 밤의 밑바닥을 건너는 바람이 잠을 데려갔다.

와타루가 놀아주지 않게 됐다. 긴 회색 오후는 계속됐다. 미노루가 저녁 식탁에서 여자를 데리고 강둑을 걷는 모습을 봤다며 와타루를 놀렸다. 할머니가 미노루를 야단치고, 와타루의 얼굴이 빨개졌다. 나는 말없이 빵을 먹고, 수프를 남겼다.

어느 날 오후, 내가 여느 때와 다름없는 곳에 앉아 오빠들이 돌아오기를 기다리는데 집 앞에 커다란 검은색 차가 섰다. 빨간 코트를 입은, 키가 크고 늘씬한 여자가 내렸다.

그곳만 빛이 비치는 것 같았다. 보기만 해도 특별한 사람이라는 것을 알 수 있었다. 윤곽이 뚜렷한 성인 여자. 지금까지 이런 사람은 본 적이 없었다. 이렇게 아름답고, 존재감이 있으며, 이렇게 불길한 기운이 감도는 사람은.

소름이 돋았다. 이제 곧. 이제 곧 저 사람이 고개를 들 것이다. 다음 순간, 현관 유리창 너머로 나를 볼 것이다. 그때 나는 그 눈동자 속에서 뭘 보게 될까?

큰 눈이 나를 홱 봤다. 뭔가 날카로운 것으로 심장을 찔린 기분이었다. 거센 수치와 공포가 엄습했다. 그런데 나는 눈을 뗄 수 없었다.

그 눈이 나를 발견한 순간, '?' 모양이 보인 듯했다. 그건 다음 순간 '!'로 바뀌더니 순식간에 기이한 빛으로 빛나기 시작했다. 마치 구름에 가려져 있던 태양이 고개를 내밀듯, 뜨거운 희열과 흥분, 그리고 왜 그런지 어렴풋이 음탕한 뭔가가 쏟아져 나왔다.

실제로 그녀는 짙은 붉은색으로 칠한 입꼬리를 올리며 쾌재를 부르듯 여유 있는 미소를 지었다. 차가운 손이 심장을 슥 어루만진 것 같았다. 몸속 어딘가가 술렁댔다. 마음속 어딘가, 생각지도 못한 곳이 억지로 비틀려 열린 듯한 감촉.

그녀는 느슨하게 웨이브 진 머리를 쓸어 올리고 하이힐로 자갈을 밟으며 현관으로 다가왔다. 한순간 나는 달려가 문을 잠그고 싶은 충동에 사로잡혔다. 이 사람을 안으로 들이면 안 된다.

움직이려 한 순간, 부엌 쪽에서 작은 환성이 들리더니 할머니가 종종걸음으로 뛰어나왔다. 할머니가 흥분하는 것은 좀처럼 없는 일이다. 할머니는 직접 문을 열고 그녀를 맞아들였다. 상기된 얼굴로 끌어안고 기쁨을 나누었다.

아아, 들어오고 말았어. 나는 허탈감을 느꼈다.

많이 컸구나, 리세.

여자가 나를 돌아보며 뜻밖에 허스키한 목소리로 말했다. 나를 알아?

다음 순간, 나는 얼굴이 얼어붙는 것을 알 수 있었다. 나를 보던 여자가 그것을 눈치챈 것도 알 수 있었다. 여자는 내가 보는 것을 돌아봤다.

대문이 열리고 와타루가 수줍게 웃으며 한 여자애를 데리고 들어왔다. 사진에서 본 여자애. 사진에서 본 것보다 훨씬 귀엽고 느낌이 괜찮은 여자애를.

화사하고, 떠들썩하고, 그러면서 어색한 저녁식사였다.

압도적인 존재감으로 식탁을 지배하며 사람들 가운데로

파고드는 여자. 그러나 나는 그 여자가 우리 집과 어떤 관계에 있는 사람인지 잘 알 수 없었다. 친숙한 듯한 여자. 말재주가 있는 여자. 할머니와 미노루는 그녀를 잘 아는 눈치였다. 두 사람 다 눈을 빛내며 그 여자에게 푹 빠져 있었다. 와타루는 조금 달랐다. 그 여자에 대해 망설이는 듯한, 겁내는 듯한 기묘한 분위기였다. 아니, 지나친 생각이었는지도 모른다. 그는 옆자리에 앉은 사랑스러운 소녀에게 완전히 정신이 팔려 있었으니까.

나는 혼란스러웠고, 나 자신에 대해 화가 나 있었다. 이 아픔은 뭘까. 왜 내가 이렇게 마음이 불편해야 하나. 이런 경험은 처음이었다. 동성에 대해, 다른 여자애에 대해 이런 식으로 온몸의 표면이 쓰린 듯한 거북함과 짜증을 느낀 것은.

나는 그 소녀에게서 눈을 떼지 못했다. 가냘프고 하얀 목, 포니테일에서 삐져나온 보드라워 보이는 머리털. 늘 미소 짓는 듯한 차분한 눈동자. 앳되고 통통한 분홍빛 입술. 교복 소맷부리 밖으로 쭉 뻗은 가느다란 손목. 가끔씩 와타루와 시선을 주고받는 장난기 어린 갈색 눈. 말없이 응하는 와타루의 눈동자에도 달콤한 부드러움이 엿보였다. 뜨겁고 축축한 눈동자. 거베라 꽃잎이 흔들린 듯한 착각이 들었다.

이상하다. 나는 왜 이렇게 괴로울까. 왜 좋아해 마지않는 와타루가 원망스러울까. 왜 이 사랑스러운 소녀가 밉살스러울까. 나는 맛이 느껴지지 않는 스튜를 먹으며 필사적으로 답을 찾았다. 이상하다. 이런 것은 공평하지 않다.

시선이 느껴졌다. 모든 것을 꿰뚫어 보듯 요염하게 미소 짓는 그 여자의 시선이. 여자는 내 표정을 음미하고 있었다. 심지어 즐기는 것처럼 보였다. 그래, 그녀는 눈치챈 것이다. 내가 지금 무척 '불결한 여자애'라는 것을.

슬픈 잔치는 끝났다. 와타루가 소녀를 데려다주러 나갔다. 두 사람의 뒷모습이 대문 밖으로 사라지는 것을 나는 현관 안 어둠 속에서 보고 있었다.

나는 곧 내 방으로 돌아왔지만, 여자와 다른 가족들의 이야기 소리가 밤늦게까지 온 집 안에 울려 퍼졌다. 여자는 자고 갈 모양이었다.

어둠 속에서 천장은 그로테스크한 검은 거북이 등딱지처럼 보였다. 잠 못 이루는 긴긴 시간, 무수한 균열 사이로 아까 본 소녀의 미소가 엿보였다. 심장에서 쿵쿵 불쾌한 소리가 났다.

어둠 속의 수련.

밤중에 살며시 아래층에 있는 화장실에 다녀오다 말고 나는 북쪽 창문 앞에 섰다.

어둠 속을 응시하니 이윽고 창백한 꽃이 떠올랐다.

빛나는 것처럼 보이지.

뒤에서 낮은 목소리가 속삭였다. 나는 돌아보지 않았다.

한숨 같은 목소리가 가까이 다가왔다.

꼭 보석 같네.

수련 꽃 밑에는 예쁜 여자애가 묻혀 있거든요.

나는 창밖을 내다본 채 중얼거렸다. 어깨에 묵직함이 느껴졌다. 그녀의 커다란 손이 어깨를 짓눌렀다. 어쩌면 그렇게 손이 클까. 나는 그녀의 손을 흘깃 내려다봤다. 아름답지만 의외로 뼈대가 굵었다. 큼직한 루비 반지가 핏빛으로 보였다.

그래. 리세 같은 여자애가 말이지. 귓가에 숨결이 닿았다.

아뇨. 난 불결해요.

나 자신도 깜짝 놀랄 만큼 매몰찬 목소리였다. 어색한 침묵 속에 나는 고개를 돌렸다.

뒤에서 그녀가 쿡 웃었다. 나는 온몸이 경직됐다.

아, 그 여자애 말이구나? 설탕 같은 여자애더라.

뺨이 후끈 달아올랐다. 역시 들켰던 것이다.

갑자기 어깨를 잡은 손에 힘이 들어갔다. 잘 들으렴, 리세.

차갑고 메마른 목소리에 흠칫했다. 목소리가 주문처럼 마음속에 스며들었다.

그 애는 수련이 될 수 없어. 너하고는 달라. 그 애는 늪에 들어갈 수 없는걸. 차가운 진창의 감촉을 느끼지 못해. 아까 넌 질투했지? 그 애의 상냥하고 무구한 표정을. 넌 지금까지 괴로워했지? 침대에서 내내 몸을 뒤척이면서. 난 그런 네가 좋단다. 괴로워하고, 상처받고, 자기를 불결하다고 느끼는 네가 좋아.

그녀는 아주 천천히 내 이마에 뺨을 갖다 댄 뒤 살며시 몸을 뗐다.

고요한 밤. 창밖에 아스라이 뜬 기하학적인 꽃.

이튿날 아침, 구름 한 점 없는 화창한 하늘 아래 그녀는 떠났다.

리세, 네가 어른이 되는 그날을 고대할게.

역광 속에서 큼직한 손과 악수하며 나는 생각했다. 구불거리는 부드러운 머리카락의 윤곽이 반짝여 표정이 보이지 않았다.

이 사람은 여자가 아니다.

검은 하이힐이 자갈을 밟으며 멀어져 갔다. 할머니와 미노루가 대문까지 나가 그녀를 배웅했다. 나는 현관 앞에 서서 빨간 코트를 입은 뒷모습을 바라봤다.

어젯밤 그녀가 뒤에 섰을 때, 뺨을 비볐을 때 느낀 위화감이 아침 햇살 속에서 뚜렷한 형태를 띠었다.

저 사람은 남자다.

바람이 서서히 차가워졌다. 높다란 하늘이 겨울의 적막함을 조장했다. 나는 긴 오후를 홀로 보냈다. 시든 들판에서 질문을 알 수 없는 답을 찾으며 천천히 길을 걸었다.

문득 누가 보는 듯한 기분이 들었다.

고개를 들자 커다란 은색 차가 이쪽을 향해 달려왔다. 운전석에 앉은 젊고 잘생긴 남자가 이쪽을 보며 순간 웃었다. 나는 어리둥절해서 멀어져 가는 차를 지켜봤다. 그런데 곧 조수석에 앉은 여자의 얼굴이 익숙하다는 것을 깨달았다. 와타루 옆자리에 앉아 있던 소녀. 와타루와 공범자 같은 수줍은 웃음을 주고받던 소녀. 그 소녀가 황홀한 표정으로 얼굴을 붉히며 입을 크게 벌리고 웃고 있었다. 어쩐지 등골이 오싹해지는 표정이었다.

시든 들판 사이로 외길을 따라 멀어져 가는 차는 왠지 모르게 흉물스러운 것을 실은 것처럼 보였다.

운전석에 앉아 있던 남자. 그 사람도 아는 사람인데. 어디서 봤을까.

와타루를 뒤덮고 있던 반짝임이 사라졌다.
겨울이 찾아온 것과 동시에 그는 침울해졌다.

첫눈이 내린 날, 나는 대문 밖에서 나지막한 목소리로 말다툼하는 와타루와 소녀를 봤다. 처음에는 그때 저녁 식탁에서 와타루 옆에 앉아 있던 소녀인 줄 몰랐다. 소녀는 화장을 했고 머리에 웨이브를 넣었다. 그리고 뭣보다도 와타루를 보는 눈초리가 달랐다.

도중에 입을 다물어버린 와타루에게 소녀는 비난하듯 가시 돋친 말을 내뱉더니 빠른 걸음으로 가버렸다. 와타루는 홀로 대문 앞에 남겨졌다. 얼마 동안 소녀의 뒷모습을 지켜보던 그는 이윽고 노인 같은 발걸음으로 이쪽을 향해 걸어왔다.

나는 계단 셋째 단에 앉아 현관 유리창 너머로 지친 표정의 그를 가만히 보고 있었다.

고개를 든 와타루가 나를 발견하고 발걸음을 멈추었다. 우리는 유리창을 사이에 두고 서로를 봤다.

와타루의 눈에는 아무것도 없었다. 그는 이제 내가 알던 개구쟁이 소년이 아니었다. 그 눈에는 시든 들판 같은 허무가 있을 뿐이었다.

문을 열고 들어온 와타루는 무표정한 얼굴로 리세는, 이라고 하더니 입을 다물었다.

뭐? 나는 무관심한 목소리로 물었다.

아니, 아무것도 아냐. 와타루는 시선을 돌리고 안으로 들어갔다.

그러나 나는 그다음 말이 들린 것 같았다. 언젠가 그의 어깨 너머로 들었던 질문.

리세는 겐지 이야기 알아?

며칠 뒤, 나는 와타루의 방 휴지통에 영일사전이 아무렇게나 버려진 것을 발견했다. 살며시 집자 구깃구깃한 사진이 끼워진 페이지가 펼쳐졌다.

달도 얼어붙을 듯한 밤.

모든 것이 잠들고, 어둠마저도 잠자는 밤.

나는 홀로 늪가에 서 있었다. 밤을 비추는 거울 같은 수면에는 둥근 회색 잎이 드문드문 떠 있을 뿐이다.

나는 살며시 몸을 숙여 가운 속에 숨겨 들고나온 영일사전을 늪에 빠뜨렸다.

사전은 순식간에 소리도 없이 사라지고, 알아들을 수 없는 중얼거림 같은 거품이 하나 부글 떠올랐다.

나한테서도 언젠가 꽃이 필까. 나는 하늘을 올려다봤다.

수정 같은 수련. 아름다운 수련.

나는 하얀 입김을 내쉬며 내 이마에서 자란 투명하고 커다란 꽃이 밤의 어둠 속에 핀 모습을 떠올리고 있었다.

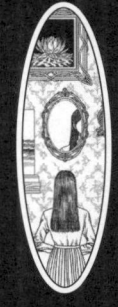

언덕을 가는 배

네모나게 잘린 중정, 하늘 높은 곳에서 솔개가 우짖는 소리가 내려왔다.

레이지는 반사적으로 몸을 일으켜 하늘을 올려다봤다.

저 밝은 목소리는 여기 스산한 습원에도 가슴 설레는 뭔가를 가져다준다.

동시에 이곳이 외부와 단절된 우리라는 것, 솔개는 어디든 날아갈 수 있는데 자신은 아무 데도 갈 수 없는 처지라는 것도 실감하게 되지만.

이 언덕이 배라면 좋을 텐데.

늘 하는 몽상.

도로 맥없이 누워 눈을 감았다.

이 언덕이 파란 배라서 습원을 가르며 항해하는 중이라면.

상상했다.

솨솨솨 소리 내며 이는 잔물결. 습원에 자라는 야생 보리가 떠밀려 짓눌린다. 천천히 나아가는 파란 배가 습원 위를 수평으로 이동한다. 습원에서 강으로, 이윽고 바다로 나서 바다 건너 나라를 향해 나아간다.

나도 말이지.

느닷없이 목소리가 들렸다. 온몸이 경직되어 움직일 수 없었다.

대체 뭐가 계기가 되는지는 알 수 없었다.

그 목소리는 언제나 불시에 찾아왔다.

처음에는 의아한 표정이었다. 아들에게 배를 찔린 것도 모르고 인형처럼 눈을 크게 뜨며 어리둥절해했다.

이윽고 사실을 인식하자 보일 듯 말 듯 얼굴을 일그러뜨리며 웃는 것도 같고 우는 것도 같은 표정을 짓더니 이어서 명확히 웃었다.

히쭉. 그런 섬뜩하고 추잡한 웃음이었다.

그러고는 "나도 말이지"라고 레이지의 눈을 보며 말했다.

나도 말이지.

순간적으로 무슨 말을 하는 건지 의미를 알 수 없었고, 그때도 레이지는 움직이지 못했다.

어머니와 그렇게까지 정면에서 시선을 주고받은 것은 처음이었다.

어머니의 눈은 레이지를 집어삼킬 것처럼 크게 벌어져 있었다.

그곳에 있었던 것은 기묘한 만족감처럼 보였다.

그녀는 레이지를 홱 밀쳤다.

그는 엉덩방아를 찧었다.

어머니는 레이지에게서 눈을 떼지 않은 채 계속해서 '히쭉' 웃고 있었다.

그러더니 자신의 배에 꽂힌 부엌칼을 두 손으로 잡았다.

힘주어 자기 몸에 칼을 푸욱 꽂았다.

아아아악.

누가 비명을 질렀다. 그게 자기 목소리라는 것을 깨닫기까지 시간이 걸렸다.

어머니는 칼을 쑥 잡아 뺐다. 피가 왈칵 뿜어 나왔다.

레이지의 발치에도 피가 확 튀었다.

그래도 레이지를 바라본 채 그녀는 계속 웃었다.

그러면서 피투성이가 된 부엌칼로 주저 없이 자신의 목을 찔렀다.

분출하는 선혈.

레이지는 계속 소리 질렀다.

누가 멀리서 달려왔다. 여러 명의 어른들, 계속되는 비명, 남자들이 뭐라 지시를 내리는 고함소리, 급박한 발소리, 이윽고 들리기 시작한 요란한 사이렌 소리.

제발 그만해, 그 소리가 들리면 그다음엔 분명…….

"오빠."

역시나.

온몸이 꺼지는 듯한 감각. 푹푹, 땅속으로, 어두운 지하로 몸이 빠져든다. 몸을 꿈쩍도 못 하겠다. 손가락 하나, 머리카락 한 올도.

그만둬. 동생의 죽음을 누가 떠올릴까 보냐. 플라스틱 양동이 속. 그때 나던 그 상한 냄새, 피비린내, 몸이 기묘하게 꺾인 동생을, 결단코.

눈을 질끈 감았다.

떠올려도 되는 것은 에미코笑子라는 이름 그대로 늘 방글방글 웃으며 뒤를 따라오는 동생뿐이다. 정말로 귀엽고 웃는 얼굴이 상냥한 여자애였다. 그런 이름을 지어줘 놓고, 그리고 이름 그대로 길러놓고서 어떻게 그 이름을 더럽히는 듯한 행위를 강요하나? 어째서 동생의 웃는 얼굴을 죽이는 듯한 행위를 되풀이하나? 대체 뭔가, 부모란 존재는, 어머니란 존재는?

빌어먹을. 어째서 최근 들어 당시 기억이 되살아나게 된 걸까. 한동안 봉인하는 데 성공했었건만.

자신도 알고 있다. 원인은 그…….

문득 부스럭 소리가 났다. 그제야 몸이 움직이게 됐다.

눈을 뜨고 소리가 들린 쪽을 보니 원인이 그곳에 있었다.

책 한 권을 들고 멍하니 그냥 그곳에 서 있다.

방금 그건 산울타리 사이를 지나면서 난 소리였던 것이다.

검은 재킷에 바지. 흰 셔츠와 넥타이.

교복은 남학생 것이고 실제로 모습과 분위기는 소년인데, 사실은 여자애라는 것을 모두 알고 있었다.

남자로 자란 탓에 여학생 기숙사에 들어가는 데에 강한 거부감을 표시했다고 한다. 어렵사리 어르고 달래 1인실을 쓰는 조건으로 가까스로 동의를 얻은 모양이다. 어머니는 몸이 약하다는 이유로 그녀를 학교에도 거의 보내지 않고 직접 공부를 가르쳤다고 했다.

같은 패밀리에 들어온 여자애.

살벌한 분위기. 깡마른 몸집, 타고난 곱슬머리인 듯한 느슨하게 웨이브 진 갈색 머리는 마구 헝클어져 있었다.

무표정하다기보다는, 항상 언짢음과 두려움, 노여움과 곤혹 등을 얼굴이라는 팔레트에 마구잡이로 섞은 결과 무채색이 된 듯 보였다.

"앉아도 돼?"

레이코는 무뚝뚝하게 레이지 옆 벤치를 가리켰다.

"그래. 벤치가 뭐 내 것도 아니고."

레이코는 벤치 반대편 끝에 앉아 들고 있던 책을 폈다.

이상한 녀석.

며칠 전부터 걸핏하면 가까이 다가와서는, 말을 시키는 것도 아닌 채 그냥 그곳에 있다.

분위기는 어디까지나 소년이었다. 옆에 있을 때 감각을 예민하게 돋워봐도 소년으로만 느껴졌다.

그렇건만 이유가 뭘까.

레이지는 그녀를, 레이코를 막연히 관찰했다.

동생과 조금도 닮지 않았고 분위기도 전혀 딴판이건만, 왜 그런지 그녀를 보면 동생 생각이 났다.

어째서? 공통점이 아무것도 없는데.

짜증이 났다.

별안간 레이코가 홱 돌아봤다.

"뭘 봐?"

더없이 퉁명스러운 목소리였다.

레이지는 어깨를 으쓱했다.

"내가 뭘. 본 거 아냐. 네 쪽에서 멋대로 내 시야에 들어온 거지."

"그래."

레이코는 그렇게 중얼거리더니 다시 시선을 책으로 돌렸다.

자기 쪽에서 다가와 놓고 '뭘 봐'는 무슨.

어이구야. 레이지는 벤치에 드러누웠다.

그다음 날도 그녀는 레이지가 있는 벤치 옆에 나타났다.

얼굴을 책으로 덮고 낮잠 자고 있었지만 그녀가 온 것은 낌새로 눈치챘다.

소년의 느낌.

힐끔 보니 조용히 앉아 전날과 같은 책을 읽고 있었다.

내버려두자.

레이지는 그렇게 정했다.

그런데 배추흰나비가 팔랑팔랑 날아와 그녀의 머리에 앉았다. 잠시 가만있더니 이윽고 어깨로 이동했다.

레이코는 알아채지 못했다.

천천히 날개를 폈다 접었다 하는 나비와 그녀의 옆얼굴의 조합은 흡사 그림책 속 한 장면 같았다.

"아하하, 잘 어울린다."

저도 모르게 중얼거리자 레이코는 "뭐?"라며 돌아봤다가 어깨에 앉은 나비를 발견했다.

"아" 하며 눈을 둥그렇게 떴다.

손을 어깨로 가져가려 하자 나비가 두둥실 날아올랐다.

그녀는 나비를 향해 손을 뻗었다.

나비는 팔랑팔랑 지그재그를 그리며 높이 떠올라 어디론가 날아갔다.

레이지도 시선으로 나비를 좇았다.

레이코는 좀처럼 손을 내리지 않았다.

"후후. 네 머리를 꽃이라고 착각한 모양인데."

레이지가 중얼거리자 레이코의 안색이 슥 달라졌다.

"하지 마."

비명을 지르듯 소리치며 레이지를 노려봤다.

얼굴에 떠오른 감정이 명백한 공포라는 사실에 레이지는 놀랐다.

레이코의 목소리가 바들바들 떨렸다.

"난 그렇지 않아. 계집애처럼 꽃이라니."

"널 업신여기는 뜻으로 한 말이 아냐."

레이지는 황급히 말했다.

"너랑 나비의 조합이 아름다운 그림 같았어. 솔직하게 그런 생각이 들었을 뿐이야."

레이코는 허를 찔린 듯한 표정을 짓더니 무슨 말인가 하려고 망설이는 듯했다. 그런데 이내 입을 다물고 표정을 누그러뜨렸다.

레이지는 앗, 하고 깨달았다.

기댈 곳 없이 어쩔 줄 몰라 하는 어린애 같은, 쓸쓸하고 무구한 얼굴.

이것이다. 이 표정이다. 이따금 보이는 이 얼굴이 처음 만났을 당시의 에미코와 비슷한 것이다.

그런데 그 표정은 오래가지 않았다. 다음 순간, 그 표정은 사라지고 여느 때의 살벌한 무표정한 얼굴로 돌아왔다.

"흥."

레이코는 고개를 돌리더니 책을 덮고 일어나 빠른 발걸음으로 가버렸다.

그다음 번에는 다가오는 그녀에게 먼저 말을 걸었다.

"여, 잘 지내냐?"

말을 건 게 뜻밖이었는지 그녀는 허둥대는 듯했다.

"뭐, 그냥."

그렇게 중얼거리고는 쑥스러운 듯 외면했다가 주뼛주뼛하는 느낌으로 레이지를 봤다.

"맨날 빈둥거리네. 지루하지 않아?"

대화다운 대화는 처음이었다.

"지루하지 않아. 내내 망상을 하니까."

"어떤 망상?"

레이코는 옆 벤치의, 레이지에게 가까운 쪽 끄트머리에 앉았다. 만날 때마다 조금씩 거리를 좁혀왔다.

소년의 느낌.

"예를 들면 말이지, 이 학교가 있는 언덕이 커다란 배라서 그 배가 습원을 나아가는 장면을 망상해. 배에 탄 채 세계 여러 나라를 돌아다니는 모습을."

"그래."

레이코는 하늘을 올려다봤다.

그녀도 그 모습을 상상하고 있을 것이다.

"습원에 사는 야생 보리를 짓밟으며 가는 거라든지 키 작은 나무가 부러지는 걸 상상해. 나뭇가지에 앉아 있던 새가 허겁지겁 도망치는 걸 상상해. 뱃머리에 서서 저 멀리 항구를 발견하고 환성을 지르는 걸 상상해."

레이코는 여전히 하늘을 올려다보고 있었다.

"……아름답네."

진지한 표정으로 나지막이 중얼거린 그녀를 레이지는 흘 깃 봤다.

그녀가 레이지와 같은 장면을 보고 있다는 것을 알 수 있었기 때문이다.

"그러게, 아름답지? 그런 식으로 늘 머릿속에서 여행하니까 지루할 틈이 없단 말이지."

"그러네."

대화가 끊겨 얼마 동안 침묵이 이어졌다.

어색한 느낌은 없었다.

의외라는 생각이 들었다. 함께 있어도 피곤하지 않다. 그곳에 있는 것은 소년이었고, 이성이라는 느낌이 들지 않았다.

"패밀리 말이야, 어떤 가족 구성인 거지? 제일 상급생이 부모인 셈이야?"

레이코가 물었다.

"글쎄다. 패밀리마다 구성은 다를 것 같지만, 부모라고 하면 너무 노인네 취급이니까 형제 정도로 생각하면 되지 않을까? 말하자면 넌 막내 남동생인 거지."

"막내 남동생?"

레이코는 뭐가 우스운지 나지막이 쿡 웃었다.

레이지는 그게 처음으로 듣는 그녀의 웃음소리라는 것을 깨달았다.

어느새 펜을 놀리기 시작했다.

레이코가 온화한 표정으로 책을 읽는 모습을 보다 보니 문득 그리고 싶어졌다.

어렸을 때는 그림 그리기를 좋아했으면서 지난 몇 년간 한 번도 붓을 들지 않았다.

수첩 뒷부분에 백지가 있다는 게 생각나, 윗주머니에 늘 넣고 다니는 애용하는 만년필을 꺼냈다.

책은 그리지 않기로 했다. 그리는 것은 책에 시선을 떨어뜨린 레이코의 상반신뿐.

머리에서부터 순서대로 빠른 터치로 그리기 시작했다.

머리카락, 눈썹, 코, 입.

눈 깜짝할 새에 레이크의 얼굴이 종이 위에 나타났다.

시선을 느꼈는지, 레이코가 얼굴을 들었다.

레이지가 레이코의 얼굴과 수첩을 번갈아 보고 있으니 그림을 그린다는 것을 알아차린 듯했다.

"뭘 그리는데?"

레이코가 일어나 레이지에게 다가왔다.

"너."

마침 대부분이 완성됐다.

"꽤 비슷할걸."

수첩을 들여다본 레이코가 그림을 본 순간, 전에 그랬던 것처럼 안색이 변했다.

"난 이렇지 않아."

창백하게 질린 얼굴로 고개를 흔들었다.

이번에도 얼굴에 떠오른 것은 공포였다.

"이런, 이건 완전히 여자잖아, 말도 안 돼, 이렇게 계집애 같은, 그런 게 아냐, 난 그럴 생각은……."

그녀의 말이 토막토막 끊기면서 의미를 알 수 없게 되고 표정이 혼란에 빠져드는 것을 레이지는 아연히 지켜봤다.

그녀의 마음속에서 무슨 일이 벌어지고 있는 건가? 어째서 이런 반응을 하는 거지?

이윽고 그녀는 자신이 지리멸렬한 말을 한다는 것을 깨달았는지 얼굴을 확 붉히더니 홱 돌아서서 달려가 버렸다.

레이지는 놀라 여전히 아무 말도 못 한 채 그녀의 스케치와 함께 중정에 남았다.

그로부터 며칠 동안, 그녀는 레이지 앞에 나타나지 않았다. 패밀리가 모이는 자리에도 오지 않는 듯했다.

교내에서 그녀를 찾아봐도 발견하지 못했다.

기숙사에 있나?

미쓰코에게 기숙사에 있는지 찾아봐 달라고 부탁하자 없다고 했다.

어디 있지? 어디 있는 거야.

묘하게 불안한 느낌이 들었다.

심장이 점점 빠르게 뛰어 거세지는 불안감에 휩싸인 채

여기저기 뛰어다녔다.

젠장. 이곳은 사람을 찾기에는 너무 넓다.

두리번두리번하는데 문득 작은 그림자가 눈에 띄었다.

통로 외곽의 낮은 벽에 레이코가 기대서 있었다.

일단은 안도감에 가슴을 쓸어내렸다.

호흡을 가다듬고 나서 슬며시 다가가 조금 떨어진 곳에 멈춰 섰다.

얼마 지나 레이코가 알아차렸다.

"미안하다."

레이지가 그렇게 말하자 레이코는 당혹한 표정을 지었다.

"뭐가?"

"내가 그린 그림이 싫었잖아? 사과한다."

"사과할 필요 없어."

레이코는 힘없이 대답했다.

"내가 멋대로 기분 상한 것뿐인데."

"그래?"

"응."

고개를 들지 않은 채 걸음을 뗀 레이코는 빠른 걸음으로 레이지 곁을 지나쳤다.

"잠깐만."

레이지는 몸을 돌려 레이코의 뒷모습을 시선으로 좇았다.

그런데 얼마 안 가서 그녀는 갑자기 멈춰 서더니 아랫배에 손을 갖다 댔다.

"윽."

아랫배를 싸안듯 몸을 꺾었다.

레이지는 그녀에게 달려갔다.

얼굴을 들여다보니 파랗다 못해 하얗게 질렸고 이마에 구슬땀이 맺혔다.

"왜 그래? 어디 아파?"

"아무것도 아냐."

레이코는 당황한 것처럼 레이지의 목소리를 가로막으며 나지막이 소리쳤다.

"아무것도 아니긴. 너 얼굴에 핏기가 하나도 없어. 보건실에 가자."

레이코는 헤헤하고 힘없이 쓴웃음을 지으며 고개를 흔들었다.

"그런 게 아냐. 난 실패작이라서 매달 이렇게 되거든."

레이지는 자신의 귀를 의심했다.

생리구나, 하고 깨달았다.

그런데 실패작이라니?

"무슨 뜻이야?"

자신의 목소리가 뾰족해지는 게 느껴졌다.

레이코가 무표정하게 대답했다.

"남자가 되지 못한 실패작이라더라."

레이지는 흠칫했다. 다른 사람 말을 옮기는 어투.

"그게 무슨 소리야. 도대체 누구야, 그런 말도 안 되는 소리를 한 게."

"엄마야."

레이코는 당연하다는 투로 말을 이었다.

"엄마가 늘 그랬어. 넌 다케시가 되지 못한 실패작이라 그렇게 되는 거라고."

레이지는 피가 거꾸로 솟는 것을 느꼈다.

어머니라고?

"어렸을 땐 좋았는데 말이야."

레이코는 낮게 중얼거렸다.

"다케시가 입던 옷도 딱 맞았고 엄마는 아주 많이 예뻐해 줬어. 늘 웃는 얼굴로 날 봤고 노래를 부르면 기뻐했어. 공부도 가르쳐줬고, 그림책도 많이 읽어줬고, 피아노도 쳐줬어."

행복한 기억일 것이다.

눈이 반짝반짝 빛났고 보일 듯 말 듯 웃음도 띠었다.

그 얼굴이 너무나도 앳되고 아름다워 레이지는 충격을 받았다.

이런 표정도 지을 줄 알았나. 아니, 이게 본래의 얼굴인가.

그게 되레 측은하게 느껴졌다.

"그런데…… 열두 살 때 이게 시작되고 말았어."

레이코의 목소리가 어두워졌다.

"병이 난 줄 알고 놀라서 엄마한테 물었더니 엄마가 엄청나게 화를 냈어. 넌 실패작이라고, 실패작이라서 그렇게 된 거라고. 잘못했다고 몇 번을 사과해도 엄마 기분은 풀리지 않았어. 그런 실패작은 엄마 애가 아니라고 했어."

레이코는 자조적으로 낮게 웃었다.

"난 엄마를 실망시킨 거야. 조금이라도 엄마를 기쁘게 해주고 싶어서 이걸 멈추려고 노력했어."

"노력이라니, 그런 걸 어떻게……."

"살이 빠지면 멎는다고 하길래, 물만 마시면서 아무것도 안 먹으려고 버텼는데 배가 고파서 기운만 없어졌지 성공하지 못했어."

레이지의 마음속에 강렬한 노여움과 슬픔이 치밀었다.

에미코와 비슷하다고 느낀 진짜 이유를 알았다.

이 녀석도 내내 어머니 손에 좌지우지됐기 때문이다. 좌지우지되는 것을 자각하기 전에 그 상태를 받아들인 탓에, 자신이 어머니가 말하는 것 같은 존재라고 인정했기 때문이다.

레이코는 힘없이 웅크리고 앉아 머리를 싸안았다.

"엄마는 나랑 말을 안 하게 됐어. 그때부터 줄곧 이렇게 되는 걸 숨기려고 애썼는데 그러다가 들키고 말았어. 엄마는 너무너무 화내면서 이런 실패작이랑 같이 있을 수 없다고 집에서 나갔어. 쫓아가려고 했더니 따라오지 말라고 소리 질렀어."

레이코는 낮게 으르렁거렸다.

"엄마는 그러고 돌아오지 않았어. 차에 치여 죽었어."

어깨가 바들바들 떨렸다.

"현장에 있던 사람들이 다들 그랬어. 엄마는 차가 쌩쌩 달리는 도로에 주저 없이 뛰어들었다고."

어깨의 떨림이 심해졌다.

"내 탓이야. 내가 엄마를 실망시킨 거야."

나도 말이지.

갑자기 머릿속에 목소리가 들려왔다.

레이지는 우뚝 섰다.

마치 하늘에서 계시를 받은 것처럼 깨달은 것이다.

레이코의 어머니가 죽기 전에 보였던 노여움과, 그의 어머니가 죽기 전에 보인 웃음이 같다는 것을.

그건 '절망'이었다.

그때 어머니가 보인 처절한 웃음. 그건 자신이 낳은 아들이 자신을 증오해 칼로 찔렀다는, 너무나도 비참한 사실에 대해 그녀가 느낀 절망이었다.

나도 말이지.

그 전에 그녀는 동생의 유해를 앞에 둔 레이지에게 이렇게 말했다. '이제야 진짜 음식물쓰레기가 됐네.' 그리고 자신을 돌아본 아들의 얼굴에서 무시무시한 증오심을 보고 아들에게 배를 찔렸다.

그런 상황에 처한 자기 자신에 대한 절망이 그 웃음이었으며, 스스로 죽음을 택해 '나도 쓰레기가 됐다'라고 자조한 것이다.

레이코의 어머니도 마찬가지다. 레이코를 딸로 받아들이지 못하는 자신에 대한 절망. 그게 그녀의 노여움이었다. 그런 절망감에 그녀는 차 앞으로 뛰어든 것이다.

어머니는 내가 놓은 부엌칼 자루를 두 손으로 꽉 잡았다.

내 지문을 닦아내려는 것처럼 두 손으로 단단히 쥐었다. 그리고 스스로 칼로 배를 후벼 처음에 찔린 각도를 알 수 없게 한 다음, 거칠게 칼을 잡아 빼 자기 목을 찔렀다.

어머니의 죽음은 내 동생을 살해하고 나서 뒤를 따라 자살한 것으로 처리됐다.

"아냐!"

레이지는 저도 모르게 부르짖었다.

레이코가 놀라 얼굴을 들었다.

"그런 게 아냐."

레이지는 그녀 앞에 무릎을 꿇어 그녀의 눈을 응시했다.

"네 탓이 아냐."

레이지의 무시무시한 형상에 레이코는 겁에 질린 표정을 지었지만, 그와 동시에 희망 같은 것이 눈동자에 깃들었다.

그녀의 죄의식을 누가 처음으로 부정해 준 것이리라.

레이지는 자신이 누구에게 무엇을 부정하는지 알 수 없어졌다.

자신에게 하는 말일까, 레이코에게 하는 말일까.

"레이지?"

레이코의 얼굴이 부옇게 번졌다.

"레이지, 왜 그래?"

자신이 울고 있다는 것을 깨달았다.

어째서일까. 이건 무슨 눈물일까.

모르겠다. 그렇지만 너무나도 분했다. 동시에, 너무나도 슬펐다.

"그런 게 아냐."

레이지는 또다시 그렇게 말하며 울먹였다.

레이코가 레이지의 어깨에 팔을 두르는 게 느껴졌다. 역시 소년의 분위기였다.

귓가에서 목소리가 들렸다.

"오빠, 고마워."

에미코?
레이지는 눈을 깜박였다.
그곳에 있는 것은 눈물을 흘리는 레이코의 얼굴이었다.
레이지가 어지간히 의아한 표정을 지었는지, 레이코가 홋 웃었다.
"난 형들 막내 남동생이라며?"
"그러게. 그랬지."
그렇지만 방금 그 목소리는 에미코였다. 분명 '오빠, 고마워'라고 들렸다. 에미코가 레이코의 몸을 빌려 그렇게 말해준 것처럼 느껴졌다.
"형. 그 그림 나 줘."
레이코의 목소리가 말했다.
레이지는 연신 고개를 끄덕였다.
"그래, 너 줄게. 찢든 버리든 네 맘대로 해."
"방에 걸어놓을 거야. 내 선실에."
레이코는 그렇게 속삭였다.

"나랑 같이 전 세계를 여행할 거야."
"그러게. 그러네."
레이지는 눈을 감았다.

파란 습원을 나아가는 커다란 배가 보였다. 레이코와 레이지가 갑판에 선 커다란 배가.

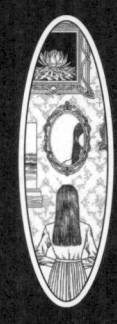

월식

이런 밤이면 그들 생각이 난다.

히지리는 하던 일을 멈추고 어두운 창밖으로 시선을 돌렸다.

창유리에서 청년이 메마른 눈빛으로 자신을 바라보고 있었다.

이런 밤. 이봐, 이런 밤이 어떤 밤인데? 창에 비친 얼굴을 향해 물었다.

문득 창밖에 환한 불길이 보인 듯했다.

춤추는 불길이 비춘 옆얼굴.

달이 없는 밤이었다.

그래, 달이군. 오늘은 달이 사라지는 밤이라 그런가.

바깥을 보니 거리에서 하늘을 향해 휴대전화기를 든 젊은이들의 모습이 보였다.

이미 개기월식이 시작된 것이다.

히지리는 조용히 창문을 열어 하늘을 올려다봤다.

구름이 없는 밤하늘에 달이 유난스레 생생하게 떠 있었다. 평소의 차고 이지러지는 것과 다르게, 이 또한 생생한 그림자가 차츰 달 표면을 덮어가는 것을 알 수 있었다.

몇백 년 만에 동시에 행성식이 발생한다는 천문 이벤트. 다음번에 관측할 수 있는 것은 몇백 년 뒤라는 이야기를 듣고 시간의 길이를 실감할 수 있는 사람이 얼마나 될까. 자신의 인생은 고작해야 100년이건만 이 이벤트의 희소함을 어떻게 파악하라는 말인가?

환성을 지르며 사진 찍는 젊은이들.

인간이란 참 기묘한 생물이다. 자신이 존재하지 않았던 시대에 관해 알고 있고, 자신이 존재하지 않았던 시대를 상상할 수 있다.

그리고 이미 지나버린 과거의 시간에 관해서도 생각할 수 있다.

히지리는 창문을 닫고 책상 위에 놓인 종이와 연필로 시선을 돌렸다.

컴퓨터 전성시대인 지금도 생각난 것을 종이에 연필로 썼다 지웠다, 가위표를 쳐 뺐다 더했다, 얼마 동안 침묵묵고도 하면서 사고의 과정을 남기는 행위는 마음이 안정된다. 수학자는 칠판에 분필로 사고 과정을 써 내려가기를 좋아한다. 또각또각 소리 내며 하얀 선을 긋는 행위가, 수학을 하고 있다는 생동감을 자아내기 때문이다.

못다 한 숙제. 방치한 숙제.

지금 생각하면 그해는 이상한 해였다. 그곳에서 만난 그들은, 그렇지 않아도 특수한 장소에서 보낸 시간 속에서도 가장 특별한 이들이었다.

그리고 그들은 수수께끼에 싸인 채, 히지리에게 풀리지 않는 응어리를 남긴 채 떠났다.

뭔가 놓친 게 있는 것 같은.

뭔가가 잘못된 것 같은.

히지리는 얼마 동안 그런 소화불량 같은 느낌에 시달려야 했다.

그곳에서 대체 무슨 일이 벌어졌던 건가.

그 교사는 '그녀'가 떠나고 얼마 지나서 왔다.

머리를 하나로 꽉 졸라 묶고 은테 안경을 쓴, 엄격하고 더없이 교사 같은 중년 여자였다.

키가 훌쩍 커서 굽 낮은 힐을 신어도 내가 올려다볼 정도였다.

회색 스커트에 리본 블라우스라는 복장도 딱딱한데 화장의 색조까지 어두웠다. 어쩐지 의도적으로 나이 들어 보이게 화장한다는 느낌이 들었다. 어쩌면 보기보다 훨씬 젊을지도 모른다. '연령 사칭'이라는 말이 떠올랐다.

가족이 사고를 당해 중태라는 연락이 오는 바람에, 나를 가르치던 교사는 급히 집으로 돌아가야 했다. 마음을 놓을 수 없는 상황이 계속되는 중이라 곁을 지켜야 하니 얼마 동안 쉰다고 했다.

2주쯤 지나 그가 없는 동안 그를 대신할 교사로 온 사람이 그 여자였다.

그녀는 표면적으로는 친근한 웃음을 지으며 "다카하시예요"라고 자기소개를 했다.

그런데 왜 그런지 그 순간, 나는 '저 이름은 가짜다'라고 직감으로 깨달았다.

'요람'인가, '양성소'인가, 그도 아니면 '묘지'인가.
습원에 뜬 우리라고 은밀히 불리는 기숙사 학교.
돈이 터무니없이 많이 드는 학교인데도, 수요는 있었는지 사연 있는 학생이 늘 드나들었다. 국적도 다양해서 이국적인 느낌, 바꿔 말하면 치외법권적 분위기가 감돌았다.

'요람'은 세상의 거센 풍파에 시달리는 일이 없도록 온실에서 보호하고 싶은 아이.

'양성소'는 특수한 기능 또는 재능이 있어 그에 맞춰진 생활을 하는 아이.

'묘지'는 세상에 존재가 알려지는 것을 원치 않는 아이, 세상에 존재를 감추고 싶은 아이 또는 처음부터 존재하지 않은 것으로 해주기를 바라는 아이.

히지리는 학원의 진짜 목적이 '묘지'에 있다고 확신했다. '요람'과 '양성소'는 어디까지나 부차적인 이유다.

'요람'과 '양성소'는 말하자면 허울 좋은 구실이다. 실제로 이 학원 출신 학생 중에는 눈부시게 활약하는 영재가 많아서 학원을 홍보하는 역할을 해준다. 하지만 그보다 학원에서 종종 누군가가 사라지고, 그런데 그게 문제시되지 않은 채 비밀리에 처리된다는 사실을 중요하게 여기는 일부 학부모가 있는 것으로 보였다.

히지리도 수학에 조금 재능이 있다 보니 주위에서 '양성소'로 대했지만, 히지리 자신은 발 하나는 '묘지'에 들여놨군, 이라고 자조를 섞어 생각하곤 했다.

아닌 게 아니라 좋은 교사를 붙여준 것에 대해서는 고맙게 여겼고 차분히 공부할 수 있는 환경인 것도 좋았다. 그러나 어린애답지 않은 허지리를 어른들이 버겁게 여기는 것은 눈치채고 있었거니와, 배다른 형들이 그를 눈엣가시로 여긴다는 것도 알고 있었다. 그렇기에 학원에 넣어졌을 때 '아아, 역시 곁에 두고 싶은 존재가 아니었구나', '귀찮다고 쫓아냈구나' 하는 적막감과 '속 시원하다', '이제 마음껏 수학 공부를 할 수 있겠군' 싶은 해방감이 거의 동등하게 들었던 기억이 있다.

그러나 학원에서 지내다 보니 종종 불안감이 들었다는 것은 부인할 수 없다.

나는 정말 '양성소'인가? 성가신 존재라 쫓아낸 게 가장 큰 부분 아닌가? 그리고 '발 하나는 묘지에 들여놨다'가 자조가 아니라 진실 그 자체인 게 아닌가?

정기적으로 그런 의혹이 솟아 두려워지곤 했다. 애써 생각을 지우며 평정을 가장하면서도, 일단 경계는 하고 볼 일이라며 주위를 세밀히 관찰하는 버릇이 들고 말았다.

학원 생활은 대체로 평온했다. 그곳에서 학생들은 늘 성 없이 이름으로만 불렸다. 출신이며 속성을 지우고 이름뿐인 존재가 되는 것이다.

원래부터 '요람'과 '양성소', 하물며 '묘지' 그룹 사이에는 장벽이 있었거니와, 학생들은 서로 거리를 두고 지냈다. 그런데도 어떻게 알려지는지 학생들의 속성에 관한 소문이 돌왔고, 더욱이 그런 소문은 들어맞을 때가 많았다.
 지금 생각하면 그 소문은 어디서 나온 걸까?

 다카하시는 우수했다.
 수업을 받기 시작한 지 얼마 안 돼서 나는 휴직 중인 정규 교사보다 이 여자가 훨씬 뛰어나다는 것을 알아차렸다.
 게다가 뭐라 표현하면 좋을까, '곁다리'라는 인상이 들었다.
 본업은 따로 있고 수학 교사는 부업이라고 할지, 본업에 부수되는 스킬의 일부만 쓴다고 할지.
 정규 교사도 프로 수학자였지만, 이 여자의 깊이를 가늠할 수 없는 느낌에 비하면 어딘지 모르게 '얕다' 싶었다.
 뭐지, 이 여자?
 어쩨 섬뜩한 기분이 들었다.
 달랑 몇 달 가르칠 '대체 교사'로 이렇게 수준 높은 교사가 오다니.
 아무리 이 학교가 주는 보수가 고액이어도 이런 인재가 당장 '대리'로 올 수 있는 건가?
 더욱이 그녀는 빈틈이 전혀 없었다. 수수하고 눈에 띄지 않는다는 것과 빈틈이 없는 것은 완전히 다르다. 그러면서 어딘지 모르게 주의 깊게 주위를 관찰한다는 느낌이 들었다.
 혹시 군인인가?

언뜻 그런 생각을 했다.

예를 들면 이스라엘에서는 국내 최고급 두뇌가 솔선해서 군에 입대한다고 한다. 그들은 군에서 나라의 군사비로 최첨단 연구와 기술 개발을 하다가, 병역을 마치면 그 기술을 기반으로 창업해 이익의 일부를 국가에 환원한다.

아무리, 하고 쓴웃음을 지으며 생각을 지웠지만, 어딘지 모르게 그 생각을 완전히 버릴 수 없었다.

자객. 문득 그런 말이 떠올라서였다.

타이밍도 맞는다. 그런 생각도 들었다.

'양성소'라고 믿게끔 해두고 방심했을 때를 노려 자객을 보낸다. 그녀가 온 것은, 그런 의도를 가진 자에게 딱 맞는 타이밍이 아닌가.

나는 등골이 오싹해졌다.

다카하시는 나를 '제거'하러 온 걸까?

'그녀'가 떠난 뒤, 학원은 말 그대로 휑뎅그렁하고 살풍경해진 느낌이었다.

그렇지 않아도 그들은 그해, 패밀리를 여러 명 잃었다.

정상이 아니었다. 하지만 그곳에서는 비정상조차 일상의 일부였다.

패밀리. 여섯 개 학년을 종적으로 나눠 만드는 그야말로 유사 가족.

학년마다 학생 수가 다른 탓에 히지리의 패밀리는 늘 머릿수가 모자랐고 깍두기들뿐이었다.

히지리와 같은 패밀리였던 레이지. 그리고 레이코.

이렇게 이름을 중얼거려 봐도 이제 두 사람이 이 세상에 존재하지 않는다는 게 실감 나지 않았다.

내내 남자애 차림을 하고 있었던 레이코는 섬세한 아이였다. 터무니없는 양어머니 밑에서 남자애로 자란 탓에 정신적으로 뒤틀리고 일그러진 부분이 있었다. 그래서 버려둘 수 없었는지, 레이지는 레이코가 처음 들어왔을 때부터 오빠처럼 보살폈다.

레이지는 정상이고 좋은 녀석이었지만, 어딘지 모르게 그늘이 있는 데다 일부러 못되게 구는 면이 있었다.

소문에 따르면 그는 여동생을 학대한 부모를 칼로 찔렀다고 했다. 그래, 레이코는 동생을 대신하는 존재인가 싶어 납득했다.

레이코도 레이지에게 마음을 열었다.

레이지 덕에 처음 패밀리에 들어왔을 당시 온몸을 뒤덮고 있던 긴장감과 공격성이 사라져 평온하게 생활할 수 있게 됐다.

그러나 평온한 나날은 오래가지 못했다.

레이코는 점차 레이지에게 강하게 집착하게 되어 이윽고 종류가 다른 긴장감이 감돌게 됐다.

레이지가 보이지 않으면 얼굴에 패닉 비슷한 것이 떠올랐다. 레이지가 다른 사람과 둘만 있는 모습을 보면 상대방을 거세게 질투했다.

레이지는 어디까지나 형제처럼 대했는데, 레이코가 그에 대해 불만을 품기 시작했다는 것은 명백했다.

어쩌려고 그래, 레이지. 평생 쟤 곁에 있어줄 순 없잖아.

한번은 그에게 그렇게 물은 적이 있었다.

둘이 함께 공부를 오래 했다는 이유만으로 레이코가 히지리에게 히스테리를 부려 히지리의 노트를 갈기갈기 찢어 흩뿌리고 갔다. 흡사 작은 태풍이 지나간 자리 같았다.

히지리는 노트를 이어 붙이느라 애먹고 있었다. 사고의 과정만은 어떻게든 남겨두고 싶었다.

어쩌지도 못해.

레이지는 몹시 어두운 표정으로 대답했다.

난 보호자의 입장에서만 레이코를 대할 수 있어. 그렇다고 관계를 끊고 떼치지도 못하겠어.

레이지의 심정은 이해 못 할 것도 아니었지만, 파국이 닥쳐오고 있다는 것은 패밀리 멤버 모두가 느끼고 있었다.

그런데 갑자기 레이코가 모습을 감춘 것이다.

정말로 '돌연히'라 할 수밖에 없는 타이밍이었다.

전부터 소문은 들었고, 다른 패밀리에서 사라진 학생이 있다는 것도 알고 있었다.

그렇지만 자신의 패밀리에서 누가 없어진 것은 그때가 처음이라, 학원의 '진짜 목적'에 관해 새삼 생각하니 등골이 오싹하지 않을 수 없었다. 그보다 전에 이사오라는 아이가 없어진 적이 있었지만, 히지리는 이사오의 본가에서 연락이 온 것을 알고 있었던 터라 그쪽은 정말로 가정 사정 때문일 것이라 생각했다. 그러나 레이코는 어떻게 봐도 경우가 달랐다.

불안을 느끼는 것과 동시에 히지리는 학원의 목적에 관해 또 다른 가능성이 있다는 것을 깨달았다.

'요양소'다.

모습을 감춘 아이는 정신적으로 불안정할 때가 많았다. 레이코도 거기에 해당됐다.

평소에 누군가 학생들을 체크하다가 결정적인 피해가 발생하기 전에 선수를 쳐 '보호'하는 게 아닐까. 그런 생각이 들었다.

체크.

우리는 면밀하게 감시당하고 있다.

그 사실을 알아차린 사람은 아마 히지리만이 아니었을 것이다. 레이지나 유리 그리고 요한도 눈치챘을 터였다.

감시 카메라. 도청기. 그런 것들이 교묘하게 위장되어 온 학원 내에 설치되어 있었다. 학생의 인권이고 사생활이고 없는 셈인데, 민간 시설인 데다 비용이 많이 드는 우리에 갇힌 동물이니 불평할 권리는 없다. 십중팔구 부모에게도 서면으로 동의를 받았을 것이다.

그리고 그런 정보들이 집약되는 남자, 교장의 존재가 있다.

교장이 학원의 지배자라는 것은 분명했다.

아마도 명석한 두뇌를 지녔을 테고, 남자도 여자도 될 수 있으며, 아름답고, 강하고, 카리스마도 있고, 그리고 어딘지 모르게 불길한 남자.

히지리는 교장이 불편했다. 친위대로 불리는 팬도 많이 있었지만 그는 막연히 거리를 두며 피했다. 어딘지 모르게 사나움과 잔인함을 감춘 남자의 발톱이 닿는 범위 내에 있고 싶지 않았다.

교장은 정기적으로 다과회라는 것을 열었다. 자기 마음에 드는 학생, 그렇지 않은 학생, 체크하고 싶은 학생을 그 자리에 불렀다. 그런 형태로도 정보를 수집하는 셈이다.

교장은 종종 차에 독약을 타 특정 학생에게 먹인다는 소문도 있었다.

그런 약은 '요양소'에서 나올 것이다.

레이코가 사라진 뒤 레이지는 심경이 복잡한 듯했다. 파국을 회피할 수 있었다는 안도감, 그리고 비호해야 할 대상이 사라졌다는 상실감.

패밀리의 다른 멤버들도 아무도 없는 빈자리를 못 본 척하는 수밖에 없었다.

그런데 '그녀'가 나타난 것이다.

나는 이미 미국의 M공대에 유학 가기로 돼 있었다.

올가을, 그쪽 새 학기부터 미국에서 지내게 될 것이다. 그때까지 이 학교에서 시간을 보낼 생각이었다. 집으로 돌아갈 마음은 나지 않았고 아마 일본에도 이제 돌아올 일이 없을 것이다.

다카하시는 섬뜩한 존재이기는 했어도 수업은 재미있었거니와, 다카하시 쪽도 나를 가르치는 일에 흥미를 가지는 듯했다. 그렇기에 이상한 일이지만 수업 중에는 안심할 수 있었고 다카하시에게도 공감을 느꼈다.

그녀는 그야말로 '곁다리의 곁다리'처럼 다른 학생들에게도 일반 수학을 가르쳤고, 다도부나 미술부 지도 교사를 보조하는 일까지 했다.

'곁다리'가 참 많은 여자라 생각하고 있으려니 어느 날 요한이 슬그머니 나를 찾아왔다. 뭔가 할 말이 있는 것 같기에 "무슨 일 있어?" 하고 묻자 "잠깐 좀 봐"라며 인적이 없는 정원 구석으로 갔다.

도청기를 경계한다는 것을 알아차렸다.

"저기, 이번에 온 수학 교사, 어때?"

대뜸 그렇게 말을 꺼내기에 "어떻다니 뭐가?"라고 물었다.

"아니, 그게, 저번에 묻지 뭐야. 히지리는 기숙사에서 누구랑 같은 방을 쓰냐고."

"다카하시가?"

"응. 뭐, 그 사람은 히지리의 담임 같은 존재일 테니까 묻는 건가 싶었지만 아무래도 찜찜해서. 눈에 띄지 않게 히지리 뒤를 밟는 것 같은 느낌도 든 적 있고."

찬물을 뒤집어쓴 듯한 기분이 들었다.

그렇군. 요한의 눈에도 여러 가지가 보이는 모양이다.

누가 같은 방을 쓰나. 그건 만약 그녀가 자객이라면 중요한 정보다. 나를 미행한 것은 내 생활 패턴을 파악하기 위해서인가.

'그녀'는 불가사의한 아이였다.

무척 예쁘고 존재감이 있었다.

처음 봤을 때 왜 그런지 가슴이 철렁했던 기억이 있다.

요한이었던가. 정말로 예쁜 여자애는 상처 입는다고 말한 게.

상처는 입은 것 같지 않았지만, 히지리는 '그녀'가 내포하는 것에서 복잡하고 부정적인 느낌을 받았다.

한편으로 '그녀'는 어딘지 모르게 뚜렷하지가 않았다. 히지리는 누가 '요람'과 '양성소', '묘지' 중 어디에 속하는지 대개 한눈에 알 수 있었건만, '그녀'는 아무리 봐도 알 수 없었다. 굳이 말하자면 전부 섞여 있다고 할지, 모자이크를 이루는 것처럼 보였다. 어느 한 지점에서 보면 '요람'인데 다른 방향에서 보면 '묘지'인 것처럼.

그래, '그녀'는 변칙적으로 2월에 왔다. 그리고 그다음 날, 정규 수속을 밟아온 요한 또한 불가사의한 녀석이었다.

누구나 저절로 끌려들 것 같은 밝은 오라를 지녔고, 인상도 좋은 데다 외모가 아름다운, '천사 같은' 얼굴을 가진 소년이었다.

그러나 히지리는 그를 본 순간, 다른 사람들과는 다른 인상을 받았다.

'진짜 악마는 이런 모습으로 나타날 테지' 싶은 인상이었다.

스스로도 비뚤어진 시각이다 싶었는데, 이윽고 돌기 시작한 출처를 알 수 없는 소문은 그것을 뒷받침했다.

마피아의 아들, 그것도 오랜 역사를 지닌 유럽의 암흑가에 암암리에 광범위하게 뿌리를 뻗은 일족 중에서도 초거물의 아들.

학원에는 그쪽 세계의 아이들도 적잖이 있었다. 그래도 그렇지, 그렇게 먼 곳에서부터 오다니.

믿기 어려운 기분도 있었고, 자신의 감이 적중했다고 납득하는 마음도 있었다.

요한은 '그녀'에게 호감을 가져 적극적으로 접근했는데, 히지리는 그에 대해서도 어딘지 모르게 위화감을 느꼈다.

그가 전부터 '그녀'를 알고 있었으며 가깝게 지냈다는 생각이 들었다.

'그녀'는 대체 누굴까?

3월에만 입학을 허용한다는 방침일 텐데 2월에 왔고, 그 때문에 주변, 그리고 교장으로부터 부당한 압력을 받았다. 교장의 친위대에게도 쯔혀 온갖 수난을 당한 탓에 혹시 '묘지'인가? 싶었을 정도다. '그녀'를 코너로 몰아넣어 '제거'할 생각인가 하고.

그런데 한참 뒤에 와서야, '그녀'의 혼란과 불명료한 인상이 '그녀'가 사고를 당해 지난 몇 년간의 기억을 잃었기 때문이라는 사실이 판명됐다.

그래, 기억상실이란 말이지.

'뚜렷하지 않은 인상'의 이유가 그거였나.

그 점은 이제 이해됐지만 '그녀'와 교장, 요한의 관계가 여전히 파악되지 않았다.

레이지가 그런 '그녀'에게도 보호자적 충동을 자극받았는지, '여동생'의 모습을 겹쳐 본 건지는 알 수 없다. 그렇지만 레이코 때와는 달리, 명백히 '그녀'에게 이성으로서 호감을 느끼고 있었다.

 그게 레이지를 죽이는 결과로 이어질 줄이야.

 "제가 씻어 둘게요. 늦었잖아요?"
 "어머나, 다카하시 선생님께 설거지를 부탁드릴 순……."
 "괜찮아요. 자, 어서 가세요. 지각하면 교감선생님께 꾸중들을 거예요."
 "고맙습니다. 그럼 말씀대로……."
 "밑이 잘 안 보이실 텐데 조심하시고요."

 그런 대화가 탕비실에서 들려와, 나는 지나가다 말고 나도 모르게 가까이에 숨었다.

 탕비실에서 배가 부른 여성 사무원이 조금 허둥대며 나와 손목시계를 보더니 복도 끝으로 사라졌다. 회의 같은 게 있나 보다.

 배가 저 정도 불렀으면 임신 몇 개월일까? 이제 곧 출산휴가라고 했던가?

 나는 다카하시가 있는 탕비실을 몰래 들여다봤다.

 다카하시는 머그잔 여러 개를 앞에 두고 뭔가 하고 있었다.

낱개로 포장된 드립 커피를 내리려는 듯했다.

김이 오르면서 좋은 커피 향이 났다.

왜 그런지 눈을 뗄 수 없었다.

다카하시가 갑자기 재킷 주머니에서 작은 봉지를 꺼내 끄트머리를 뜯더니 어느 머그잔에 하얀 가루를 재빨리 넣었다.

어?

저게 뭐지?

가슴이 빠르게 뛰었다.

우유 분말도, 설탕도 아니다. 명백히 무슨 약이었다.

스푼으로 커피를 젓는 소리에 이어 다카하시가 이쪽을 돌아보는 게 느껴지기에 나는 황급히 복도 구석에 숨었다.

다카하시가 머그잔 두 개를 들고 탕비실에서 나왔다.

나는 일부러 멀리 돌아 늘 이용하는 강의실로 들어갔다.

그러자 거기에 있던 다카하시가 내가 들어오는 것을 보고 기쁜 표정으로 손짓하는 게 아닌가.

나는 움찔했다.

그녀 앞에 김이 모락모락 피어오르는 머그잔이 두 개 있었다.

"히지리, 커피 내렸는데 마시지 않을래?"

주머니에서 꺼낸 봉지. 하얀 가루.

"고맙습니다."

나는 애써 웃음을 지어 보였다.

"그런데 아까 다른 애들이랑 마시고 와서요. 놔두시면 나중에 마실게요."

"어머, 그래?"

다카하시의 표정은 변하지 않았다.

낙담의 빛을 띠거나 혀라도 차지 않을까 싶어 반사적으로 관찰했는데, 이 빈틈없는 여자가 그런 표정을 보일 리 없었다.

"그보다 여쭤볼 게 있는데요."

나는 일부러 열의를 드러내며 노트를 폈다. 진심으로 궁금한 게 있어서 커피 따위 이미 안중에 없는 척 꾸민 것이다.

그래도 의식은 눈앞의 머그잔에 쏠려 있었다.

하얀 가루가 든 커피.

이 커피를 마시면 나는 어떻게 되는 거지? 고통스러워하며 저세상에 가는 건가?

아니, 그랬다간 커피에 독이 들었다는 게 바로 발각된다. 나라면 서서히 잠이 오는 약을 타서는 얼마 뒤 움직이지 못하게 됐을 때를 노려 눈에 띄지 않는 곳에서…….

"히지리, 질문할 게 뭔데?"

잠깐 불길한 상상에 정신이 팔려 있었다는 것을 깨달은 나는 서둘러 "아, 저기요"라며 다카하시의 얼굴을 봤다가 흠칫했다.

다카하시가 정면에서 나를 똑바로 보고 있었다.

모든 것을 꿰뚫어 보는 듯한 날카롭고 섬뜩한 눈빛으로.

내가 말을 잇지 못하자 그녀는 별안간 자기 앞에 놓인 머그잔을 들어 커피를 꿀꺽 마셨다.

핼러윈 파티 날 무슨 일이 있었나.

지금에 와서는 잘 모르겠다.

역시 레이코는 '요양소'에 있었다. '파란 언덕' 어딘가에서 학원과 격리되어 생활하고 있었다.

레이코는 종종 '요양소'에서 몰래 빠져나왔던 모양이다. 그랬다가 레이지와 함께 있는 '그녀', 레이지가 진정으로 애정을 쏟는 '그녀'를 본 것이다.

그건 불행한 만남이었다. 레이지는 '그녀'에게 달려든 레이코로부터 '그녀'를 보호해 대신 칼을 맞고 레이코와 함께 습원에 빠졌다.

결국 레이지는 '여동생'의 그림자로부터 달아나지 못했다.

그날 이래로 '패밀리'는 막연히 정체됐다.

그 일을 화제에 올리기를 피한 것도 있고, 각자 자기 진로에 전념하게 된 영향도 있었다.

히지리는 얌전해진 '그녀'를 계속해서 관찰했다.

어째선지 교장은 이제 '그녀'에게 관심을 잃은 듯했다. '그녀'를 '내버려두게' 된 것이다.

그러나 히지리의 눈에 '그녀'는 전보다 안정된 듯 보였다.

자기 자신에게 집중하고 있다. 내성적 작업에 몰입하고 있다. 그런 느낌이었다.

혹시 '그녀'는 기억을 되찾은 게 아닐까?

그런 생각이 들어 '그녀'와 가까이 지내는 유리에게도 물어봤는데, 유리는 '모른다'라며 고개를 흔들 뿐이었다. 유리는 레이코를 잃은 충격이 꽤 큰 듯했다.

유리도 성격이 드센 데 비해 상당히 순진한 면이 있었다. 지금은 어떻게 지낼까. 배우가 되고 싶다 했는데, 히지리는 연예계에 어두운 탓에 소식을 모른다.

그 뒤, 이번에도 돌연히, 그다음 봄이 오기 전에 '그녀'가 이곳을 떠난다는 이야기를 들었다.

탕비실 사건이 있은 뒤로 다카하시는 나에 대한 적의 같은 것을 감추지 않게 됐다.

어디에 있어도 다카하시의 시선이 느껴졌다.

나를 노리고 있다, 내가 혼자 있을 때를 기다리고 있다는 생각이 들었다.

어쩌면 좋지? 어떻게 해야 해?

나는 신경이 예민해졌다.

가을까지 이곳에 있으려 했건만, 다카하시를 경계하는 나날이 계속되다니 그런 것은 견딜 수 없다. 하루라도 빨리 이곳을 떠나는 편이 나을지도 모르겠다. 집에 가야 하나? 아니, 어딘가에 단기 임대라도 해서……. 하지만 나는 미성년인데. 임대가 가능할까? 애초이 수속을 밟는 것은 가능한가?

누구와도 상의할 수 없었다.

숨이 막혔다.

그런데 기묘하게도 수업만은 계속됐다.

수업 중에만은 다카하시와 나는 평범한 교사와 학생의 관계였다. 서로 휴전 상태라고 할지, 평온한 시간을 보낼 수 있었다. 수학에 대한 신뢰만이 우리 둘을 연결했다.

나는 수업이 있을 때를 제외하면 되도록 패밀리와 함께 시간을 보내고, 나머지 시간은 기숙사 방에 틀어박히게 됐다. 지금은 룸메이트가 없이 혼자 방을 쓰는 터라, 문을 잠글 수 있는 1인실에 있을 때만은 안심할 수 있었기 때문이다.

그러나 다카하시는 집요했다.

매일 아침, 기숙사를 나서는 순간부터 그녀가 나를 주시하는 것을 알 수 있었다.

저 인간, 대체 언제 자는 거지?

그런 의문이 들 정도로 나는 밤이고 낮이고 그녀의 냉정한 시선을 느껴야 했다.

더는 못 참겠다.

어느 날, 나는 결심했다. 하는 수 없다. 교장과 의논하는 수밖에. 적어도 교장이라면 내 이야기를 믿어줄 것 같았다.

그 정도로 절박한 심정에 몰려 있던 어느 날 아침, 나는 학원 사무국의 호출을 받았다.

유학 관련 서류 문제로 확인할 게 있다고 했다.

이거야 원, 아직도 끝이 안 났나.

나는 진저리가 났다. 유학은 수속에, 서류 심사에, 좌우지간 복잡하고 성가시다. 특히 내 경우, 장학금을 받아 유학을 가는 터라 여기저기에 내야 할 서류가 많았다.

"여러 번 불러 미안해."

사무국으로 가니, 출산휴가를 간다는 사무원이 한층 크게 부른 배로 황급히 구르듯 나왔다.

"아직 휴가 안 가셨군요."

"실은 내일부터야. 이 모양이니 이제 이동하는 게 너무 버겁네."

그녀는 쓴웃음을 지으며 서류를 들고 연결 통로 쪽을 가리켰다.

"따라올래? 교장선생님 서명도 받아야 하거든."

"교장선생님도요?"

나는 마침 잘됐다고 생각했다. 간 김에 시간을 내달라고 해서 다카하시에 관해 상의하자.

교장이 있는 저택은 조금 떨어진 곳에 있었다.

아무도 없는 통로를 앞장서서 걷던 사무원이, 뭔가에 발이 걸렸는지 "앗" 하고 소리치며 들고 있던 서류를 떨어뜨렸다.

서류가 땅에 흩어졌다.

"괜찮으세요?"

"미안해. 배 때문에 보이지 않아서."

아닌 게 아니라 배가 저렇게 불렀으니 시야가 좁을 것이다.

서류를 주우려고 내가 그녀 곁에 쭈그리고 앉으려 했을 때였다.

"히지리, 그 여자한테서 떨어져!"

날카로운 목소리가 뒤에서 날아들었다. 나는 반사적으로 펄쩍 물러났다.

쳇, 하고 혀를 차는 소리에 이어 사무원이 무시무시한 형상으로 전기충격기를 꺼낸 것과, 몇 미터 떨어진 곳에 버티고 선 다카하시가 칼을 던진 것은 거의 동시였다.

다카하시가 던진 칼은 용수철의 힘으로 칼날을 꺼내는 타입이었다. 이야기는 들어본 적이 있었지만 번개처럼 빠른 속도에 놀랐다.

칼은 사무원의 가슴에 완벽하게 꽂혔다. 사무원은 소리 없이 그 자리에 쓰러졌다.

즉사.

눈이 놀란 듯 크게 벌어져 있었다.

"다카하시, 선생님."

나는 휘청이다가 그 자리에 힘없이 엉덩방아를 찧었다.

무슨 일이 벌어진 거지?

사무원의 발치에 나뒹구는 전기충격기.

이 여자가 전기충격기를? 이걸 내게 쓸 생각이었다고?

믿기지 않는 사태에 머리가 따라오지 못했다.

"역시 그랬군."

다카하시가 성큼성큼 다가와 사무원의 임부복을 들추었다.

"꽤나 무시무시한 아기네."

배에 비닐 가방이 둘러 있었다. 열린 지퍼 사이로 안에 든 게 보였다. 칼에, 철사에, 온갖 흉흉한 물건이 가득했다.

나는 오싹했다.

"그럼 이 사람이……."

"그래. 널 노린 거야."

"선생님은 대체……. 제 커피에 어째서 약을……."

나는 횡설수설했다.

"커피에 약?"

다카하시는 의아한 표정을 지었다.

나는 침을 꿀꺽 삼키고 고개를 끄덕였다.

"저번에 봤거든요. 이 사람하고 같이 탕비실에 있다가, 이 사람이 나가고 나서 머그잔에 약을 타는 걸."

다카하시는 알았다는 듯 나를 봤다.

"아하, 너 그걸 봤구나?"

"저한테 독약을 먹이려고 한 줄……."

다카하시는 나직이 훗 웃었다.

"그런 게 아냐. 그건 이 여자가 입을 댔던 머그잔에 넣은 거였어."

"네?"

"우리가 개발 중인 임신 검사약이거든. 임신했는지 아닌지 타액으로 꽤 정확하게 알 수 있지."

"임신 검사약이라고요?"

"그 결과, 이 여자가 임신하지 않았다는 걸 알았어. 그러니까 저 큰 배는 위장이지. 다시 말해 널 노리는 사람은 저 여자라고 확신했어. 어째서 출산휴가를 가장했나? 그건 배에 무기를 감추기 위해서, 그리고 널 처리하는 즉시 내빼기 위해서. 그러니 출산휴가를 가기 직전에 널 제거하려 들 거라고 예측했어. 그랬더니 아니나 다를까, 휴가 가기 전날에 널 불러내잖아?"

나는 망연히 사무원과 다카하시를 번갈아 봤다.

아직 사태가 잘 파악되지 않았다.

"선생님은 아까 '우리가 개발 중인 임신 검사약'이라고 하셨죠? 그럼 선생님은……."

다카하시는 "아차, 실수했네. 응, 뭐, 괜찮겠지"라며 어깨를 으쓱하고는 말했다.

"그래. 너희 아버지 회사 연구원이야. 실제로는 다른 곳에서 배우러 와 있는 거지만."

"후지쿠라제약 그룹 말이에요?"

"그래. 이런 일까지 하게 될 줄은 몰랐지만."

"저, 선생님은 무슨 연구를 하시는데요?"

군인이라는 내 감이 틀린 게 아니지 않을까.

"그건 비밀."

다카하시는 눈을 찡긋했다.

아닌 게 아니라 모르는 편이 나을 것 같다.

"그럼 선생님은 절……."

"널 보호하러 온 거야."

"누구 의뢰를 받아서요?"

"너희 할머니. 반년 전부터 창업자 일족의 후계자 다툼이 점점 격화돼서 물밑에서 다들 이런 일 저런 일을 벌이고 있거든. 너희 할머니는 네가 일본을 떠나기 전에 널 제거하려고 이복형의 관계자가 움직이기 시작한 걸 알아채셨어."

나는 오싹했다.

"여기서만 하는 말인데, 너희 할머니는 널 가장 높이 평가하셔. 그래서 널 지켜서 좌우지간 네가 무사히 미국으로 갈 수 있게 해달라고 하신 거야."

꿈이 아니었다.

온몸에서 힘이 빠졌다.

역시 나는 '묘지'에 발 하나를 들여놓은 상태였던 것이다.

"이 이상 무슨 수를 쓸 것 같진 않지만 그래도 조심하는 게 낫지. 히지리, 가을까지 여기서 함께 수학 공부를 하자. 재능 있는 너랑 공부하는 건 선생님도 즐겁거든. 아마 내가 있는 동안엔 너희 선생님은 돌아오지 않으실 거야."

다카하시는 생긋 웃으며 내 손을 잡아 일으켜 세웠다.

히지리는 어쩐지 안심하고 있었다.

'어느새 사라지는' 게 아니라 명확한 '전출'이라는 형태로 떠나는 것을 배웅하는 것은 오랜만이었다.

패밀리의 다른 멤버들도 마찬가지였던 듯, 모두 똑같이 안도한 표정인 것이 우습기도 하고 두렵기도 했다.

'그녀'는 그들에게 정중히 인사하고 조용히 패밀리를 떠났다.

그런데 히지리는 우연히 '그녀'가 학원을 나서는 순간을 목격했다.

그건 무슨 이유에서였을까.

뭔가 일이 있어 교장이 사는 저택에 가는 길이었다.

'그녀'는 트렁크를 들고 있었다. 사복으로 갈아입어 갈색 바지 정장 차림이었다.

시원스러운 걸음걸이, 의연한 옆얼굴을 보고 히지리는 왜 그런지 흠칫했다.

다른 사람.

다른 사람이다. 그렇게 직감으로 깨달았다.

'그녀'는 성을 되찾아 외부의 존재로 돌아간 것이라는 생각이 들었다.

교장의 저택에서 나온 친위대 여학생 몇 명이 '그녀'의 트렁크를 고의로 차며 뭐라 말을 거는 모습이 보였다.

그러자 '그녀'가 쿡 웃었다.

친위대가 주춤하는 것을 알 수 있었다.

'그녀'는 친위대를 돌아보며 아주 유쾌하다는 듯 웃었다.

충격적인 표정이었다. '쾌재를 부른다'라는 말이 떠올랐다.

히지리는 어째선지 등골이 오싹해 그 자리에서 꼼짝할 수 없었다.

친위대 여학생들은 섬뜩한 듯 마주 보더니 도망치듯 가 버렸다.

'그녀'는 웃음을 띤 채 학원을 나갔다.

그로부터 몇 주 지났을 때였다.

밤중에 화재가 발생했다.

무슨 이벤트였을까?

신입생 환영회? 초봄의 축제? 지금에 와서는 확실하지 않지만, 아무튼 원내 광장에 설치된, 꽃을 장식한 커다란 텐트가 불탔다.

아니, 불탔다기보다 폭발했다고 하는 편이 더 정확했다.

학원에 있던 모든 이가 폭발음을 듣고 진동을 느꼈다.

여러 사람이 달려갔지만 밤하늘에 불기둥이 높이 치솟아 아무도 다가갈 수 없었다.

교사와 직원이 서둘러 소화전으로 갔다. 그러나 소방 호스를 끌고 올 무렵에는 불길만이 밤하늘에 요사스럽게 꿈틀거릴 뿐 이미 대부분이 재가 된 다음이었다.

비명이 터져 나왔다.

누가 텐트 안을 가리키고 있었다.

"텐트 안에 사람이."

"이렇게 밤늦은 시간에 어째서."

"대체 누구지."

주위가 소란에 휩싸였다.

멍하니 불을 바라보던 히지리는 누가 가까이에 서 있는 것을 깨달았다.

느릿느릿 그 인물에게 시선을 옮겼다.

춤추는 불길이 비춘 옆얼굴.

달이 없는 밤이었다.

요한이 서 있었다.

치솟는 불길을 가볍게 팔짱을 낀 채 아무런 감정도 없이 가만히 바라보고 있었다.

순수한 흥미 같은 것만이 느껴지는, 실험 결과를 관찰하는 듯한 표정이었다.

히지리의 시선을 알아챘는지 그는 "아, 응"이라며 돌아봤다.

"불은 아름답네."

그는 말과는 달리 아무런 감동도 담기지 않은 목소리로 그렇게 말했다.

"게다가 아주 강해. 뭐든 다 집어삼켜. 때로는 영혼을 정화해 주기까지 해."

요한은 그렇게 말하건 역시 아무런 감정도 없는 눈빛으로 다시 불로 눈길을 돌렸다.

히지리는 또다시 꼼짝할 수 없게 됐다.

그저 아름답고 고요한 옆얼굴을 보는 것 말고는 아무것도 할 수 없었다.

텐트 안에서 불타 죽은 것은 교장의 친위대였던 여학생 둘. 이상하게도 '그녀'가 학원을 떠날 때 트렁크를 찬 애들이었다. 누가 편지로 밤중에 불러낸 모양인데, 모조리 숯덩어리가 된 탓에 사정은 결국 모른 채로 끝났다.

퍼뜩 정신이 들었다. 볼펜을 든 채 멍하니 있었다는 것을 깨달았다.

히지리는 또다시 창문을 열었다.

암흑에 잠긴 밤하늘.

어느새 달이 완전히 모습을 감추었다.

수백 년 만의 우주 쇼.

히지리는 달이 없는 캄캄하늘을 올려다봤다.

평생 한 번뿐.

그들과의 만남도 그랬다.

특수한 장소에서, 특별한 시간을, 특별한 이들과 함께 보냈다.

그게 행운이었는지 아닌지는 모르겠다. 인간에게 주어지는 시간은 기껏해야 100년, 그 이상의 기간으로 바라볼 수는 없으니까.

하지만 그건 자신에게 소중한 시간이었고, 그들이 어떤 인간이든 간에 자신에게 중요한 존재로서 지금도 몸 한구석에 살아 있다.

그래, 희유한 우주 쇼처럼.

히지리는 그런 생각을 하며 어두운 밤하늘을 계속 바라봤다.

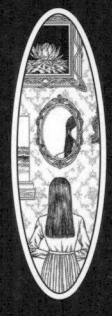

그림 없는 그림책

자, 이제 어쩐다.

미즈노 리세는 약 1미터 거리에 떨어져 있는 그림책에 눈길을 주었다.

어린애가 떨어뜨렸나 보다. 떨어졌을 때 펼쳐진 페이지 그대로였다.

밤 풍경. 외국의 거리 위에 달이 떴다. 옅은 색채로 그린 그림책이었다. 조금 특이한 판형은 정사각형이다.

하여간 운이 없네.

시선을 내리니 샌들 밖으로 삐져나온 발가락이 보였다.

유리 파편에 찔렸는지 피가 났다. 아픔은 없었고 피도 이미 말랐다.

리세는 소리 없이 한숨을 쉬었다. 역시 샌들이라는 신발은 위험하다. 여차할 때 신속하게 움직일 수 없는 데다 노출 부위가 너무 많다.

자세히 보니 샌들의 살에 닿는 부분에도 피가 배어 시커멓게 얼룩이 졌다. 세탁허도 지워지지 않을 것 같다. 밝은 민트그린 샌들. 산 지 얼마 되지도 않았고 마음에 들었는데.

일본을 떠나 영국에 새로이 생활 기반을 잡았고 무사히 대학에도 진학했다. 바쁜 나날을 보낸 끝에 이제야 겨우 한숨을 돌려 오랜만에 느긋이 휴가를 보낼 수 있겠구나 생각했건만, 설마 이렇게 될 줄이야.

살아남아라. 그러기 위해 뭘 할 수 있는지 생각해라.

문득 할머니 목소리가 되살아났다.

네가 어떻게 하지 못하는 일 때문에 고민하지 마라. 결과에서 의미를 찾지 마라. 단, 경험에서 반드시 뭔가를 얻어 교훈으로 삼아라.

어렸을 때는 그리 깊이 생각하지 않았거니와, 할머니와 함께 살던 시절 계속 같은 말을 듣다 보니 질리는 바람에 마지막에는 완전히 귓등으로 흘렸지만, 지금 이렇게 보면 그 목소리가 뼛속까지 박혔다는 것을 알겠다. 동시에 이 예기치 못한 사태에 자신이 가뿐게 사고정지 상태에 빠져 있었다는 것도.

이거야 원. 한 번 더 소리 없이 한숨을 쉬었다.

그러게요, 할머니. 이까짓 일로 사고정지라니 한심하네요.

동시에, 부정적인 말을 입에 담으면 안 된다는 할머니의 말도 생각났다.

비록 입에 담지는 않았지만 아까 '운이 없다'고 생각하고 말았다.

그다지 운 좋은 상황이라 할 수 없는 것도 사실이지만.

리세는 살그머니 어둑어둑한 복도를 내다봤다.

그러자 쿵, 하고 묵직하고 둔탁한 충격이 느껴져 반사적으로 머리를 움츠렸다.

천장과 벽의 파편인 듯한 것이 곳곳에서 투두둑 쏟아졌다.

또 폭격인지 폭발인지가 있었던 모양이다. 아까보다 위치가 멀다.

일본 외무성 홈페이지에서 본 위험 정보를 떠올렸다. 항시 무력 분쟁의 불씨가 존재하는 중동 여러 국가와 인접한 지대는 당연히 레벨 4(신속하게 대피할 것. 접근 금지)이지만, 수도를 포함한 서부 지역은 레벨 1(주의 요함)이었다고 기억한다. 에게해에 접한 이 부근은 이 나라에서도 1, 2위를 다투는 휴양지대다. 주민의 대다수가 관광산업에 종사하며 외국에서 온 관광객도 무척 많다. 실제로 리세가 머물고 있는 이 호텔도 아담한 개인 저택풍인데, 투숙객의 대부분이 외국 국적으로 보였다.

분쟁 관련일 성싶지는 않다. 국내 사정 쪽? 오랜 기간 세속주의로 성공을 거두어 온 나라인데, 근년 새로이 등장한 정권은 노골적으로 종교 원리주의로의 회귀로 방향을 틀었다. 반정부 민간 조직이 관광산업에 타격을 입혀 정부에 항의한다는 패턴은 전부터 흔히 있었다. 혹시 그쪽일까?

밝은 회청색 사브리나 팬츠에 묻은 모래를 털었다.

하여간 그런 속이 뻔히 들여다보이는 트집만 잡지 말고 얼른 EU에 가입시켰으면 이 정도로 종교 원리주의로 돌아가려는 움직임은 없었을 텐데. 하기야 자존심 센 유럽이 맛있는 크루아상 정도로 오스만제국에 대한 오랜 원한을 풀 것 같지도 않지만.

주머니에서 휴대전화기를 꺼내 확인했다.

짤막한 안테나 막대기가 가까스로 하나 떠 있었지만 어디와도 연결이 될 것 같지 않았다. 이윽고 그마저도 없어져 '서비스 불가' 상태가 되고 말았다. 이 지역 기지국이 파괴됐을지도 모른다. 아니면 모든 이들이 정보를 얻으려 한꺼번에 몰려드는 바람에 통신 장애가 발생했거나.

전화기를 들었을 때, 잠깐 요한에게 데리러 와달라고 할까 생각했다. 부르면 그는 만사를 제치고 와줄 것이다. 그녀가 구원을 요청한다는 것은 어지간히 위험한 상황이라는 뜻이라고 판단할 테니까.

그러나 안테나가 꺼진 것을 보니 부탁하지 않기를 잘했다는 생각이 들었다.

지금 상황이 정말 위험한지 아닌지 알 수 없다. 사태가 수습되기를 가만히 기다리기만 하면 되는 종류일지도 모른다.

구급차는 정말로 필요한 사람이 정말로 필요할 때에만 불러야 한다.

리세는 전화기를 끄고 주머니에 도로 넣었다.

교훈. 문득 생각했다.

일본에서 마지막으로 시간을 보낸 나가사키에서 겪은 일. 그 일의 교훈은 뭘까.

살며시 눈물을 훔치던 와타루의 뒷모습이 생각났다.

선량한 인간은 무섭다. 그런 말이 떠올랐다.

이해득실로는 움직이지 않으며 예기치 못한 행동을 하기 때문이다. 그건 중요한 교훈이었다.

그밖에는……? 그래, '위화감에는 반드시 이유가 있다'일까.

좀 더 빨리 의미를 깨달았다면 위험에 노출되지 않을 수 있었다.

다음에는 조심하자, 라고 생각하며 그녀는 머리를 들었다.

조금 전 폭발이 있은 뒤 멀리서 여러 사람의 비명소리가 들렸는데 지금은 쥐 죽은 듯 고요했다.

호텔 직원을 찾자.

호텔에 도착한 것은 이틀 전 오후였다.

그야말로 아는 사람만 알 것 같은 아담한 남국 호텔.

산울타리로 둘러싸인 긴 오솔길을 지나자 작은 분수가 있는 중정이 나타났다. 그 너머 로비에서 체크인을 기다리는 손님들 몇 팀이 보였다. 그런대로 사람이 많은 것 같다.

한가운데 소파에 가족 손님이 앉아 있었다.

기품 있고 온화해 보이는 금발 여성이 무릎에 앉힌 세 살쯤 된 여자애에게 그림책을 보여주고 있었다. 얌전히 그림책에 몰두하는 아이의 귀에 보청기가 보였다. 청각 장애일까.

아버지인 듯한 키 큰 남성은 오랫동안 휴대전화로 영어를 써서 나지막이 통화했다. 표정이 사나운 것을 보면 일과 관련된 전화이고, 뿐만 아니라 그리 좋은 내용이 아닌 듯했다. 오픈칼라셔츠에 버뮤다팬츠라는 편안한 복장과 전혀 어울리지 않는 살벌한 느낌을 발산하고 있었다.

다른 소파에는 한눈에 권태기라는 것을 알 수 있는 분위기의 부부가 앉아 있었다. 둘 다 얼굴에 웃음기가 없고 어딘지 모르게 나른한 느낌이었다. 불현듯 생각난 것처럼 가끔씩 말을 주고받는데 대화는 최소한에 그쳤다. 독일어를 쓰는 듯했다.

또 한 커플이 있었다. 이쪽은 연애 초기답게 딱 달라붙어 시시덕거리는데, 과시라도 하듯 입은 유명 브랜드의 옷과 곳곳에 두른 번쩍거리는 금 액세서리가 다소 천박했다. 남자는 사오십 대인데 여자는 겨우 스무 살 안팎. '뒤가 구린 불륜 커플'이라는 느낌이다. 쓰는 언어는 아마도 슬라브계. 러시아 또는 동유럽에서 온 손님일까.

리세는 호텔에서 제공한 웰컴 드링크를 마시며 잇따라 체크인을 마치고 객실로 사라지는 손님들을 배웅했다.

침착한 안주인풍 매니저가 숙박 카드를 들고 왔다.

갈색 머리를 틀어 일본의 비녀를 꽂았다.

"오래 기다리셨습니다"라며 생긋 웃었다.

"리타 커스버트슨 님이신가요?"

"네."

"오늘부터 닷새간 묵으시죠?"

"네."

"예약하신 일행분께서 두 분이 숙박하신다고 하셨는데요."

"네. 일행은 다른 곳에서 바로 오는데, 일 때문에 무슨 문제가 생겼나 봐요. 내일, 아니, 어쩌면 도착이 하루 더 늦어질지도 몰라요."

"저런, 그건 아쉽네요."

"맨날 그러는걸요. 이젠 익숙해요."

리세는 어깨를 으쓱했다.

"알겠습니다. 그럼 편히 지내시길."

"바캉스 시즌은 아직 더 있어야 할 것 같은데 호텔이 인기가 많네요. 혹시 이미 예약이 다 찬 거 아니에요?"

"작은 호텔이라 그렇게 보이실 수도 있지만 빈방은 아직 있답니다. 내 집처럼 편안한 분위기를 즐겨주세요."

안내를 받아 방으로 가는 도중, 딱 봐도 야외 활동파구나 싶을 만큼 새카맣게 탄 남자와 마주쳤다. 나이는 예순 살쯤, 회색 리넨셔츠를 입었다.

단골손님인지, 얼굴이 가무잡잡한 직원이 "하이, 선생님"이라고 인사하자 몇 마디 주고받고는 "세탁실 좀 쓰려고"라며 복도 안쪽을 가리켰다.

퀸스 잉글리시. 영국인이다.

"선생님?"

리세가 무심코 묻자, "영국 대학에서 가르치는 선생님이시랍니다. 바다 쪽에서 에트루리아 문명의 유적을 발굴하신대요"라고 가르쳐주었다.

고고학 교수인가. 딱 그런 느낌이었다. 어느 대학일까. 에트루리아 문명은 로마 선사시대의 문명인데, 이 일대에도 유적이 있나?

리세의 방은 2층 끝 방이었다.

그리 넓지는 않았지만 안락한 분위기에 인테리어가 깔끔했다. 작은 발코니에 편안한 테이블과 의자 두 개가 있었다. 룸서비스로 주문한 식사를 이곳에서 먹으면 기분 좋을 것 같다.

탁 트인 분위기의, 바다가 가깝다는 것을 예감케 하는 경치였다. 발코니에서 내려다보니 나무들 사이로 조금 물러난 곳에 수영장이 보였다. 그렇게 크지는 않은 것 같았다. 그새 수영복으로 갈아입고 풀 사이드에서 쉬는 커플이 보였다. 유명 브랜드 옷과 액세서리로 몸을 휘감았던 두 사람이다.

리세는 방 안으로 돌아왔다.

해수욕도 피부가 타는 것도 사절이지만, 햇빛 찬란한 리조트의 분위기는 일상을 벗어난 느낌이라 근사하다. 읽어야지 생각만 하고 못 읽었던 책도 읽고 음악도 들으면서 한껏 느긋하게 지내자. 그게 본래 목적이기도 하고.

리세는 캐리어에서 옷을 꺼내 옷장에 걸고 책을 구석 책상에 올려놓았다.

편안한 보라색 저지 원피스로 갈아입고 샌들을 신었다.

책 무더기에서 한 권 빼 읽을 곳을 찾아 1층으로 내려가니, 보청기를 낀 여자애가 중정에 쭈그리고 앉아 혼자 구슬을 튀기며 놀고 있었다.

조금 떨어진 위치에 놓인 철제 의자에 기품 있는 어머니가 앉아 여자애를 멍하니 바라봤다.

여자애가 튀긴 구슬이 그만 리세의 발치까지 굴러와 샌들을 톡 쳤다.

아이가 이쪽을 보기에, 리세는 구슬을 주워 다가가서는 앞에 쭈그리고 앉아 "자 받으렴"이라며 내밀었다.

"아빠는 어디 가셨어?"

들리는지 아닌지 여자애는 무표정한 얼굴로 리세에게서 구슬을 받아 다시 튀기며 놀기 시작했다.

"아빠는 방에서 일 때문에 통화 중."

어머니가 표정을 바꾸지 않은 채 멍하니 중얼거렸다.

리세가 시선을 돌리자 어깨를 으쓱했다.

"남이 들으면 안 되는 전화니까 우리더러 나가 있으라나."

"이 사람이고 저 사람이고 다 리조트에 오기보다 일을 하고 싶은가 보네."

"당신 남자 친구도 그래?"

"워커홀릭이라 오랜만에 가는 휴가인데도 나중에 오겠대."

둘은 공감 어린 눈짓을 주고받았다.

어머니는 리세가 든 역사학 책을 시선으로 가리켰다.

"그러는 당신이야말로, 그렇게 난해한 책을 읽는데 휴가가 되겠어?"

리세는 가볍게 웃었다.

"적어도 속세를 벗어날 순 있잖아."

"그러네."

"수영장엔 안 가? 그렇게 크진 않지만 아이가 물장난을 치기에는 딱 좋아 보이던데."

어머니는 느릿느릿 고개를 흔들었다.

"이 애는 몸이 약해서. 지금도 감기 기운이 좀 있어서 심통이 났어. 물놀이는 안 돼."

어머니가 딸에게 힐끗 던진 시선을 보고, 보청기 때문에 물에 못 들어가는지도 모르겠다는 생각이 들었다.

"기다리게 해서 미안. 이제 들어와도 돼."

머리 위에서 목소리가 들렸다.

올려다보니 2층의 회랑식 복도에서 '일 때문에 통화 중'이던 아버지가 손을 흔들고 있었다.

"'입실 허가'가 내려졌네."

어머니가 중얼거리고는 억지웃음을 지으며 자신도 손을 흔들었다.

"내 이름은 앤절라야. 넌……?"

그녀는 일어서며 리세에게 손을 내밀었다.

"리타."

가볍게 악수를 나누었다.

"또 보자, 리타. 이렇게 근사한 사람을 풀 사이드에서 혼자 기다리게 한 죄 많은 남자는 부디 천벌 받길."

앤절라는 장난스레 십자를 그었다.

미소를 주고받은 뒤, 그녀는 큰 소리로 말했다.

"앤젤리나! 이리 오렴."

조금 뒤처져 여자애가 돌아봤다. 이름을 부르는 것을 알아차렸다기보다 어머니의 기척을 감지한 듯 보였다. 역시 귀가 잘 들리지 않는 것 같다. 그런데 별안간 활짝 웃으며 달려오더니 어머니를 와락 안았다. 그때까지 내내 표정이 없어서 몰랐는데, 웃으니 꽃이 핀 것처럼 매우 귀여웠다.

"어머, 어리광쟁이네."

"두 사람의 사랑의 결실이야."

앤절라는 그렇게 중얼거리고는 소녀의 손을 잡고 2층으로 올라갔다. 소녀가 리세를 얼핏 돌아보기에 "바이바이" 하고 손을 흔들자 소녀도 따라 흔들었다.

홀로 중정에 남은 리세가 속세를 벗어나 역사의 세계를 거니는데, 얼마 지나자 "저기요" 하고 누가 조심스레 말을 걸었다.

호리호리한 검은 머리 백인 남자가 중정 입구에서 그녀를 보고 있었다.

"죄송한데 선생님 못 보셨나요?"

"선생님? 남자분이신가요, 여자분이신가요?"

"연배가 있으신 영국 남자분인데요. 턱수염을 기르셨고요."

남자는 손짓발짓을 곁들여 찾는 이의 체형을 설명했다.

"혹시 유적을 발굴하신다는 분 말씀인가요?"

"아, 네, 그분입니다."

동료인가 보다. 이 사람도 검게 탄 데다 옷이 어쩐지 모래 투성이였다.

"한 시간쯤 전에 복도에서 마주쳤는데요."

"어디로 가셨는지 아십니까?"

"세탁실을 쓴다고 하셨어요."

"세탁실?"

남자가 어리둥절해하기에 리세는 일어나 아까 '선생님'과 마주쳤던 복도로 가서, 뒤를 따라온 남자에게 복도 끝을 가리켰다.

"세탁실이 어디 있는지는 모르지만 저쪽으로 가시던데요."

"감사합니다."

남자는 머리를 숙이고는 총총히 복도 안쪽으로 사라졌다.

선생님에, 방금 그 남자까지. 이 호텔에 유적 발굴단이 묵고 있는 모양이다.

리세는 중정으로 돌아와 책을 다시 집었다.

잘파닥잘파닥 발소리가 들리더니, 비치 샌들을 신은 '권태기 부부'가 수영복에 셔츠를 걸친 차림으로 나른하게 수영장으로 이어지는 오솔길로 들어갔다.

두 사람 다 변함없이 웃음기가 전혀 없었다.

리세는 두 사람의 뒷모습을 유심히 바라봤다.

날씨도 좋고 호텔도 이렇게 멋진데, 좀 더 즐거워해도 좋지 않나. 뭐, 휴가를 즐기는 방식은 사람마다 다르겠지만.

역사에 몰입하는 사이에 날이 저물어 크게 기지개를 켜고 방으로 돌아가기로 했다. 목욕하고 룸서비스로 주문한 저녁을 먹은 뒤 다시 책을 읽다가 어느새 잠이 들었다.

이튿날 아침, 레스토랑에서 아침을 먹으려고 지하층으로 내려갔다. 이 호텔은 경사면에 위치하기 때문에 지하 1층에 풀 사이드와 인접한 레스토랑이 있다.

"어제 감사했습니다."

목소리가 들리기에 들어봤다가 옆 테이블에서 커피를 마시는 두 사람을 발견했다.

유적을 발굴하러 온 '선생님'과 '선생님'을 찾으러 온 남자였다. 어제 목욕하고 옷을 갈아입었는지 오늘은 두 사람 다 행색이 말쑥했다.

"어머, 안녕하세요."

리세는 머리를 까닥 숙였다.

"누군가?"

"선생님이 가신 곳을 알려준 분입니다."

"같이 앉아도 될까요?"

리세가 묻자 남자는 일어나 리세의 의자를 빼주었다.

"발굴단분들은 이 호텔에 체류하고 계시나요?"

"외국에서 온 우리는 그렇지. 그래 봤자 평소엔 텐트 생활이라, 여기에 방 하나를 빌려놓고 교대로 목욕도 하고 빨래도 하고 이곳저곳 연락도 하러 오는 거지만."

"아, 그러셨군요. 어느 대학이신가요?"

이름을 듣고 리세는 놀랐다.

"어머, 저도 같은 학교예요."

"이거 우연인걸. 학생이었군. 전공은 뭐고?"

"미술사예요."

"오오, 그럼 에이저턴 교수를 아나?"

"그럼요. 수업을 듣고 있답니다."

"세상 참 좁군."

한바탕 신나게 대화를 주고받았을 때, 젊은 쪽 남자가 손목시계를 보더니 안절부절못하기 시작했다.

"선생님, 이제 유적으로 돌아가셔야죠"라며 재촉했다.

"그래. 학생, 즐거웠네. 내일은 함께 발굴 작업 중인 우리

학생이 여기로 쉬러 올 테니까 잘 부탁하네. 같은 또래거든."

"어머나, 이런 곳에서 만나게 되네요."

"그럼 우리는 이만. 잘 지내고."

"안녕히 가세요."

두 사람을 배웅하고 방으로 돌아가려는데, 앤절라의 가족과 몸차림이 야단스러운 커플이 외출하는 모습이 보였다. 관광하러 가나 보다.

그렇다면, 하고 오늘은 풀 사이드에서 책을 읽기로 했다.

음울한 부부가 나타나 역시 말도 없이 장식품처럼 풀 사이드에서 칵테일을 홀짝거렸다.

서로 한마디도 주고받지 않은 채 시간이 꾸물꾸물 지났다.

이날도 샤워한 뒤 또 룸서비스로 주문해 식사를 하는데 노크 소리가 들렸다.

"네."

일어나 문밖을 향해 "누구세요?"라고 물었다.

"리?"

젊은 남자 목소리가 들리기에 놀랐다.

"앤드루야?"

"응. 늦어서 미안. 네가 좋아하는 피스타치오 마카롱 사 왔어."

리세는 문을 열었다.

안경을 쓰고 호리호리한 밤색 머리 청년이 서 있었다.

"안녕, 리."

"생각보다 일찍 왔네. 더 있다 올 줄 알았는데."

"나도. 생각보다 일이 빨리 끝나더라고."

청년은 싱긋 웃었다.

둘이 함께 1층으로 내려갔다. 그 시간대에는 중정과 로비를 라운지로 바꾸어 바bar로 이용하는 듯했다.

앤젤리나 그리고 유적 발굴단을 제외한 투숙객 전원이 모여 있는 것 같았다.

리세를 발견한 앤절라가 값을 매기듯 앤드루를 훑어보는 것을 알 수 있었다.

리세가 고개를 까닥하자, '일찍 도착해서 다행이네'라 하듯 가볍게 고개를 끄덕였다.

구석 소파에 둘이 앉아 위스키를 마시며 지난 며칠간 있었던 일을 주고받는데, 직원이 곤혹한 표정으로 중정에 나타나 테이블 사이를 돌아다녔다.

다들 고개를 가로젓는 게 보였다.

리세의 테이블에도 와서 "혹시 스핀들 씨 계십니까?"라고 소곤소곤 물었다.

"아뇨." 두 사람이 대답하자 직원은 "그렇겠죠. 숙박부에도 이름이 없으니까요"라며 고개를 끄덕였다.

"무슨 일인데요?"

"아뇨, 그게, 여기 묵고 있는 스핀들 씨를 바꿔달라고 전화가 왔거든요."

"바꿔달라고요?"

"요즘 시대에?"

리세와 앤드루는 마주 봤다. 휴대전화를 안 가진 사람이 없는데, 묵고 있는 호텔에 전화해 바꿔달라고 하는 일은 흔치 않을 것 같다.

두 사람은 허둥지둥 프런트로 돌아가는 직원을 어리둥절하게 지켜봤다.

그런데 그때, 서둘러 자리를 뜬 사람이 한 팀 더 있었다.

차림새가 요란한 두 사람, 조금 전까지 큰 소리로 웃으며 술을 마구 들이켜던 커플이다. 특히 남자 쪽은 눈빛이 달라져 있었다. 흥청거리던 기색이 깨끗이 사라지고 되레 창백하게 질린 게 아닌가 싶을 정도였다.

다른 직원이 불러 서우자 황급히 계산서에 사인하고는 도망치듯 방으로 돌아갔다.

그 모습을 바라보던 리세와 앤드루는 또다시 마주 봤다.

이튿날 아침, 새벽에 걸려온 전화를 받아 한참을 통화한 앤드루는 아침도 먹는 둥 마는 둥 외출 준비를 시작했다.

"나가게?"

리세가 잠이 덜 깬 채로 묻자 앤드루는 흥분을 억누르는 표정으로 고개를 끄덕였다.

"응, 잘되면 오늘 중으로 결판이 날지도 몰라."

"건투를 빌게."

"고마워, 넌 정말 행운의 여신이야, 리."

앤드루는 리세의 이마에 가볍게 키스한 뒤 빠른 발걸음으로 나갔다.

그 뒤, 다시 잠이 든 리세는 조금 늦잠 자고 말았다.

몸을 거의 움직이지 않았으니 배도 고프지 않았다. 오늘은 아침식사를 건너뛰자.

느릿느릿 일어나 방에 비치된 커피를 마시고, 그동안 건드리지 않아 조금 시든 웰컴 프루트를 먹었다.

오늘은 뭘 할까. 잠깐 산책해 배를 비워야겠다. 밖에서 점심을 먹는 것도 괜찮을지 모르겠다.

그런 생각을 하며 셔츠와 사브리나팬츠로 갈아입고 모자를 쓴 다음 방을 나서 계단참에 이른 순간, 별안간 귀를 찢을 것처럼 거대한 폭발음과 더불어 호텔이 크게 흔들리면서 계단참의 창유리가 날아갔다.

※

"누구 없나요?"

느닷없이 들린 목소리에 리세는 몸을 숙였다.

"누가 있으면 대답해 주세요. 다들 무사합니까?"

무뚝뚝한 영국 영어다.

빠르게 다가오는 발소리.

계단참 밑에 숨어 있던 리세는 목소리가 들리는 쪽으로 시선을 돌렸다.

머리를 하나로 땋은 젊은 여자가 다가오는 게 보였다.

"여기 한 명 있어요."

관엽식물 뒤에서 손을 흔들었다.

"괜찮아요?"

종종걸음으로 달려온 그녀와 눈이 마주쳤다.

새카맣게 탄 얼굴. 여러 번 빨아 낡은 모래투성이 셔츠.

"혹시 유적 발굴한다는 학생?"

"앗, 교수님이 말한 우리 학교 학생이란 아시아계?"

거의 동시에 입을 여는 바람에 목소리가 겹쳤다.

둘이 아차, 했다가 이번에도 동시에 웃었다.

정말이지 호쾌하게 웃는 사람이었다. 새하얀 치아가 눈부셨다. 첫눈에 그녀의 웃는 얼굴에 매료됐다.

"난 앨리스라고 해."

"난 리……."

이름을 말하려다가 리세는 이곳에서 다른 이름을 썼다는 게 생각났다.

"아, 저, 일본 이름은 발음하기 어려우니까 리라고 불러 줄래?"

"리란 말이지. 알았어. 아까 폭발, 엄청났지. 아, 유리 조각이 붙어 있네."

앨리스는 리세의 셔츠에서 반짝이는 유리 파편을 알아차리고 들고 있던 목장갑으로 털어주었다.

"고마워. 괜찮아, 계단참의 창유리가 깨지면서 쏟아졌어. 무슨 폭발이었던 거야?"

"모르겠어. 아침에 유적을 출발해서 차로 여기 오는 길에 폭발했는데."

"봤어?"

"연기가 나는 건 봤어. 그게 뭔지는 몰랐지만."

"포격인 줄 알았지 뭐야. 나중에 작은 폭발이 한 번 더 있지 않았어?"

"응, 그러게. 처음 폭발 때 남은 화약이 연쇄 폭발을 일으킨 거 아닐까?"

꽤나 침착한 사람이라는 생각이 들었다.

폭발 내용을 냉정하게 분석하는 것은 미래의 고고학자라서 그런 걸까?

"쿠, 쿠데타예요."

프런트 방향에서 얼굴이 가무잡잡한 직원이 허겁지겁 뛰쳐나왔다.

"쿠데타?"

둘이 동시에 묻자 그는 혼란에 빠진 표정으로 사무실을 가리켰다.

"지금 텔레비전에 나와요. 수도에서 군의 일부가 봉기했다는데요."

"ㅇ카라에서? 진짜?"

셋이 함께 사무실로 달려갔다. 텔레비전이 흐릿한 영상을 비추고 있었다.

전차로 보이는 것이 번화가를 달리는데, 사람들이 주위로 밀려들고 있었다.

"아이쿠, 이거 난리 났네. 진짜로 저질렀잖아."

앨리스가 한껏 얼굴을 찡그렸다.

"뭐가 난리가 나?"

리세가 묻자 앨리스는 어두운 눈빛으로 대답했다.

"이게 대통령의 강권발동에 대한 구실로 이용될 거란 뜻이야."

"아까 폭발도 쿠데타랑 상관있는 걸까?"

"그러게. 동시에 시작하려다가 실패했거나 실수로 폭발시킨 게 아닐까. 애초에 그렇게 규모가 큰 조직도 아닐 테고."

리세는 저도 모르게 앨리스를 봤다.

"잘 아네."

"유적 발굴을 하려면 그 나라의 내부 사정도 잘 알아야 하거든. 사회 정세도 발굴에 꽤 영향을 미치니까."

"그렇구나."

"매니저는 어디 있어요?"

앨리스가 묻자 직원은 크게 고개를 흔들었다.

"없어요. 아까부터 찾는데 안 보이는군요."

"다른 손님들은 무사하려나요?"

리세가 천장을 올려다보자 그는 또다시 고개를 흔들었다.

"손님들도 사라졌지 뭐예요. 오늘은 아이를 데리고 온 분들만 아침식사를 하셨지, 다른 분들은 한 분도 안 오셨어요."

"어떻게 된 거지?"

리세와 앨리스는 마주 봤다.

"자나?"

"잤어도 그런 폭발음이 들리면 깨지 않을까?"

"저기요, 다른 손님들이 무사한지 확인하는 게 좋겠어요. 어쩌면 다쳤을지도 모르잖아요."

"그, 그러네요."

직원은 허둥지둥 2층으로 올라갔다.

"어째 사람들이 없어지는 날이네."

앨리스가 중얼거렸다.

"응?"

"실은 오늘 아침 교수님 조수도 없어졌거든. 아침 일찍 텐트에서 나간 모양인데. 짐도 없더라고."

"뭐? 교수님이랑 같이 있던 사람? 검은 머리에 호리호리한?"

"응. 혹시 호텔로 돌아갔나 싶어서 어차피 오늘 호텔에 올 예정이었으니까 일찍 와본 건데."

그 남자가? 어째서?

그때 갑자기, 그가 중정 입구에서 말을 걸었을 때가 생각났다.

세탁실? 그렇게 말하며 고개를 갸웃했던 그의 얼굴이 떠올랐다.

왜? 리세는 자문자답했다.

위화감. 그래, 위화감이 들었던 게 기억난다.

중정의 가족. 웃으며 달려온 앤젤리나.

위화감. 나는 위화감을 느꼈다. 그때도, 지금도.

경험에서 반드시 뭔가를 얻어 교훈으로 삼아라.

교훈. 위화감에는 반드시 이유가 있다.

갑자기 으악, 하고 무시무시한 비명소리가 들렸다. 리세와 앨리스는 놀라 목소리가 들린 쪽을 봤다.

"죽었어요."

직원이 눈을 크게 뜨고 휘청휘청 계단을 내려왔다.

"누가요?"

"손님이, 방에서, 부부, 둘 다."

"뭐라고요?"

대체 이 호텔에서 무슨 일이 벌어지고 있는 거지?

직원이 구르듯 내려온 계단의 반대편 계단 위에 앤절라 가족이 서로를 감싸듯 하며 모습을 나타냈다.

"아까 폭발…… 방금 누가 죽었다고 하지 않았나?"

처자식을 한 팔로 끌어안은 채 아버지가 창백한 얼굴로 물었다. 앤절라와 앤젤리나도 얼굴이 새파랬다.

"우리도 뭐가 어떻게 된 일인지……."

이쪽 세 사람은 혼란에 빠져 고개를 흔들 뿐이다.

그런데 아버지의 표정이 순식간에 딱딱하게 굳더니 증오 비슷한 것이 팽창했다.

아버지가 가려져 있던 오른손을 슥 들었다.

모두 움찔했다.

손에 권총이 들려 있었다.

갑자기 탕 소리가 나면서 아버지의 어깨가 팡 튀었다.

몸을 뒤로 젖히더니 그 자리에 쓰러졌다.

"어?"

뒤에서 누가 급히 달려왔다. 방탄조끼를 입고 경찰관 같은 장비를 갖춘 남자들.

"뭐야?"

"쿠데타?"

남자들은 그들 뒤를 지나 곧장 아버지를 제압하고 그의 처자식을 보호했다.

조용한 호텔이 단숨에 검은 옷차림의 남자들로 가득 찼다.

"리?"

리세는 흠칫했다.

남자들 중 한 명이 고글을 벗고 한숨을 쉬었다.

"앤드루."

"미안해. 설마 널 말려들게 할 줄이야. 너희 아버지한테 뭐라고 사과하지?"

앤드루가 창백한 얼굴로 머리를 숙였다.

교훈. 매력적인 이야기에는 이면이 있다.

리세가 아버지에게서 '아르바이트하지 않겠느냐'라고 제안을 받은 것은 보름쯤 전이었다.

이제야 겨우 대학 생활에 익숙해져 한숨 돌렸을 때를 노린 듯한 타이밍이었다.

T국의 리조트 호텔에서 느긋하게 일주일쯤 지내면 된다. 단, 동반자가 있다. 커플 행세를 해야 한다. 상대방은 게이라 그쪽 걱정은 할 필요 없다. 둘이 처음 대면할 때 쓸 암호는 '피스타치오 마카롱'. 게이 아니어도 상관없어요, 라고 리세는 대답했다. 혹시 마음이 맞을지도 모르잖아요. 아버지는 쓴웃음을 지으며 그쪽은 수사 중이니 그럴 겨를이 없을 거다, 라고 말했다.

수사 중? 무슨 뜻이에요?

리세가 따져 묻자, 아버지는 "너 좋고 나 좋은 거지"라며 윙크했다.

이런 이야기였다.

아버지와 오빠가 할머니 재혼 상대가 데리고 들어온 리나코의 재산을 추적하던 중, 그녀의 계좌에서 의심스러운 입금 내역을 발견했다. 돈을 입금한 기업이 요한과 적대 관계에 있는 조직 중 하나라는 것을 깨달은 아버지는 조사를 시작했다. 면밀한 조사 결과, 그곳은 세계 각국에서 거액의 돈세탁을 할 뿐 아니라 바람직하지 못한 곳에 자금을 제공한다는 사실을 밝혀냈다. 이 부분을 치면 조직이 약체화되리라는 점에 주목해 아버지는 정보를 팔기로 했다.

어디에?

처음에는 얼버무리던 아버지도 리세의 끈질긴 추궁에 마지못해 털어놨다.

IRS. 귀신도 울고 간다는 미국 국세청이다.

리세는 기절초풍했다. 미국 국세청. 국내외의 미국인에게서 세금을 징수하는 게 사명인, 뛰어난 수완을 자랑하는 정부 부처다.

그런 곳하고 관계를 맺었다가 찍히면 어쩌려고 그래요?

물론 출처가 우리라는 걸 모르게 몇 겹으로 필터를 장치했지.

아버지는 그렇게 말하고 설명을 계속했다.

핵심 인물이 그 기간에 호텔에 묵는다는 정보를 입수해 수사요원을 파견하게 됐는데, 그에 협조하기로 된 모양이다. 커플을 가장하면 눈에 띄지 않을 것이다. 조직이 호텔을 연락 장소로 이용한다는 의혹도 있는지라 가능하면 관계자도 일망타진하고 싶다. 그러니 리세는 호텔 투숙객들을 관찰해 느낀 바를 수사요원에게 보고해 주면 된다.

그런 이유로, 가짜 이름을 쓰고 수사요원과의 암호를 정해 커플인 척 호텔에 묵으면서 우아한 바캉스를 보낼 터였는데.

텔레비전에서는 수도에서 발생한 쿠데타가 불발로 끝났다는 뉴스를 거듭해서 내보내고 있었다.

앤절라의 남편은 신병을 구속당해 구급차로 병원에 실려 갔다.

그의 연락원이던 고고학 교수의 조수와 안주인 같은 분위기의 호텔 매니저도 구금됐다. 그들은 그들대로 수사 당국의 손길이 뻗쳐오는 것을 안 듯 도주하려 했다.

위화감의 정체는 이것이었나.

리세는 조수가 중정에 들어왔을 때를 떠올렸다.

교대로 호텔에서 지내러 오는데 세탁실이 어디 있는지 모를 리 없다. 그때 순간적으로 위치를 모른 척한 것은, 리세가 일어나 조수를 등진 상태에서 그가 중정에 들어오기 위해서다. 분수에라도 연락 사항을 적은 메모가 숨겨져 있었을 게 틀림없다. 요즘 시대에는 아날로그적인 옛날식 연락 수단이 비밀을 지키는 데에 더 적합하다.

방에서 시체로 발견된 것은 어두운 분위기의 독일인 부부였다. 수면제를 다량으로 먹어 스스로 목숨을 끊은 것이었다. 거액의 빚을 져 사채업자에게 쫓기다가 신혼여행을 왔던 이 나라를 마지막 장소로 선택한 듯했다.

천박한 커플의 남자는 러시아계 반사회 조직의 자금 관리인인데, 오랫동안 조직의 돈을 살금살금 빼돌린 모양이다. 본명으로 걸려온 전화에 횡령 사실이 발각된 데다 어디 있는지도 이미 알려져 있다는 것을 깨닫고, 이쪽도 날 밝기 전에 부리나케 도망친 것이다. 수사 당국에서는 호텔 투숙객들의 신원을 모두 파악하고 있었지만, 이 횡령범은 이번 수사 대상에 포함되지 않는 터- 그 이상 뒤쫓지 않을 것이라 한다.

수사요원들은 남편의 짐을 압수하고 앤절라와 앤젤리나도 조사를 위해 연행한다고 했다.

짐을 싸 경찰관의 감시를 받으며 계단을 내려온 두 사람에게 리세는 복도에 떨어져 있던 그림책을 내밀었다.

안데르센의 《그림 없는 그림책》. 제목과 모순된다.

"이거 가져가야지."

앤젤리나가 그림책을 받아 들었다.

앤절라가 "고마워"라며 미소 지었다.

"결국 우리 파트너들은 둘 다 바캉스를 온 게 아니라 내내 일하는 중이었던 거네."

"그런가 봐."

"넌 바캉스를 계속할 거야?"

"아냐, 그럴 기분이 아니게 됐으니까 가려고."

"잘 지내."

"너랑 앤젤리나도."

경찰관의 독촉에 두 사람은 걸음을 뗐다.

"잘 가, 리세. 만나서 기뻤어."

리세는 흠칫 놀라 멀어져 가는 앤절라의 뒷모습을 봤다.

그녀는 돌아보지 않았다. 그렇지만 앤절라의 손을 잡은 앤젤리나가 돌아보며 살짝 손을 흔들었다. 바이바이. 리세도 느릿느릿 손을 흔들었다.

그녀는 내 본명을 알고 있었나? 어째서?

위화감.
그래, 나는 그때도 위화감을 느꼈다. 그때도 앤젤리나가 내게 손을 흔들었다. 나와 그녀는 대화를 나누었다.
어리광쟁이네.
두 사람의 사랑의 결실이야.
그래, 그녀의 그 말에 위화감을 느낀 것이다.
두 사람의 사랑의 결실이야.
무슨 의미로 한 말인가. 아버지와 어머니의 사랑의 결실? 아니, 그게 아니라…….

앤젤리나.
앤절라와 리나.
앤절라와 리나코.

리세는 경악했다.

그녀는 자신과 리나코의 이름을 연결해 딸의 이름으로 삼은 것이다.

갑자기 그날 들은 리나코의 목소리가 뇌리에 되살아났다.

그녀도 멋져. 네게 보여주고 싶구나. 그녀는 좀처럼 만나주지 않지만, 너를 처치하면 곧 만나줄 거야.

리세는 오싹했다.

앤절라는 나를 제거할 생각이었나? 혹시 이 아르바이트는 계획된 건가? 덫에 걸려든 것은 아버지와 내 쪽이었다고?

식은땀이 등을 타고 흘렀다.

교훈.

이번 교훈은 뭘까. 뭐일 것 같아요, 할머니?

리세는 이제 아무도 남지 않은 중정 안쪽 오솔길을 바라보며 그 자리에 우두커니 서 있었다.

새벽의 화원

초판 1쇄 인쇄 2025년 11월 7일
초판 1쇄 발행 2025년 11월 27일

지은이   온다 리쿠
옮긴이   권영주

책임편집   홍은선
디자인   정정은
책임마케팅 최혜령, 박지수, 도우르, 양지환
마케팅   콘텐츠 IP 사업본부
해외사업   한승빈, 박고은
경영지원   백선희, 권영환, 이기준, 최민선
제작   재영P&B

펴낸이   서현동
펴낸곳   ㈜오팬하우스
출판등록   2024년 5월 16일 제2024-000141호
주소   서울시 강남구 테헤란로 419, 11층(삼성동, 강남파이낸스플라자)
이메일   info@ofh.co.kr

ⓒ 온다 리쿠
ISBN 979-11-94979-90-6 (03830)

반타는 ㈜오팬하우스의 출판브랜드입니다.

- 이 책은 저작권법에 따라 보호받는 저작물이므로 무단전재와 무단복제를 금지하며, 이 책 내용의 전부 또는 일부를 이용하려면 반드시 저작권자와 ㈜오팬하우스의 서면동의를 받아야 합니다.
- 책값은 뒤표지에 표시되어 있습니다.
- 잘못된 책은 구입하신 서점에서 바꿔드립니다.